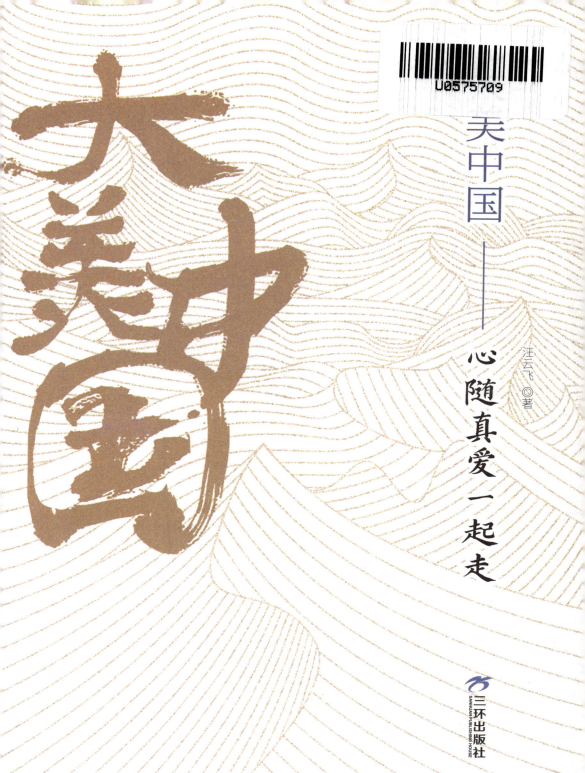

大美中国

天中国——

心随真爱一起走

汪云飞 ◎ 著

三环出版社
SANHUAN PUBLISHING HOUSE

图书在版编目（CIP）数据

大美中国　心随真爱一起走 / 汪云飞著 . —— 海口 : 三环出版社（海南）有限公司，2024. 9. —— （大美中国）.

ISBN 978-7-80773-301-0

Ⅰ . I267

中国国家版本馆 CIP 数据核字第 2024HK2577 号

大美中国　心随真爱一起走
DAMEI ZHONGGUO　XIN SUI ZHENAI YIQI ZOU

著　　　者	汪云飞
责任编辑	张华华
责任校对	华传通
装帧设计	吕宜昌
出版发行	三环出版社（海口市金盘开发区建设三横路 2 号）
	邮　编　570216　邮　箱　sanhuanbook@163.com
社　　长	王景霞　　**总编辑**　张秋林
印刷装订	三河市同力彩印有限公司
书　　号	ISBN 978-7-80773-301-0
印　　张	13
字　　数	150 千字
版　　次	2024 年 9 月第 1 版
印　　次	2024 年 9 月第 1 次印刷
开　　本	690 mm × 960 mm　　1/16
定　　价	68.00 元

心随真爱一起走 Contents 目录

第一章

红色记忆

走进瑞金

题记：红色故都瑞金，共和国从这里走来。怀着一颗赤诚之心，我第二次踏上这块神圣的土地。在有着千余年历史，由"掘地得金、金为瑞"而得名的瑞金，我看到了世间独有的风景，听到了让人感动的故事……

一

"瑞金城外有个村子叫作沙洲坝，毛主席在江西领导革命的时候就住在那里。村子里没有井，吃水要到很远的地方去挑。毛主席就带领战士和乡亲们挖了一口井，当地人称为"红井"中华人民共和国成立以后，乡亲们在井旁边立了一块石碑，上面刻着：'吃水不忘挖井人，时刻想念毛主席！'"这段文字50岁以上的人都耳熟能详、记忆犹新。这是20世纪小学课本里的一篇课文。来瑞金的人，无不念及这段文字，更要去红井看一看这块石碑，喝一口甘甜的红井水。

沙洲坝村村南，有几块平展展的稻田。时值盛夏，金黄色的稻穗沉甸甸的，就在稻田旁边，有一口用木栅栏围起来的水井，这就是闻名海内外，让一代又一代中国人心驰神往的红井。乍一看，它与江南随处可见的水井没有什么区别，但竖立在一旁、刻着两行字的石碑以及围绕这口井发生的故事，让它远远地超出了水井的范畴。就像湘潭的韶山冲，延安的宝塔山，井冈山的黄洋界，原本都很普通和平凡，因为与领袖有着深厚的渊源而闻名遐迩。

　　井边，有拄着拐杖的耄耋老人，有系着红领巾的小学生，有东北来的一家老小，有远涉重洋的外国友人。大家都不约而同地在那块石碑前留影，在井沿边躬身朝井里注视，然后，舀起一勺井水，深情地喝上几口。更有一些有心人将剩余的水小心翼翼地灌入矿泉水瓶准备带走，说是给家中年迈的，一直想来看看这口红井的老人品尝。

　　当得知有游客来自湖南韶山时，大家都对他肃然起敬。这是

一份独特的情愫，也是一个难得的场景。伟人家乡的一位乡亲冒着酷暑，不辞辛苦带着孩子从毛主席的家乡来到江西瑞金。这是一种特殊的情怀，也是对主席革命生涯和历程的探究和追思，更是对伟人博大胸怀和献身精神的景仰和缅怀。

那一刻，大家都向他们一家投去了友好的目光，主动腾出最佳位置让他们在此拍照留念。拍完照，喝完水，女主人说："我也要带上几瓶红井水回韶山，让毛主席老家的乡亲们喝上一口江西红土地上的清泉，听一听伟人在江西瑞金发生的故事。同时欢迎江西人民来我们韶山参观旅游！"

在场的游客听了，无不心潮澎湃。瑞金、韶山，相隔很远，因为对领袖的思念和崇敬，彼此拉近了距离。

二

从红井返回，路过"列宁小学"，一棵高大的古樟便映入眼帘。这棵高 18 米，树干近 4 米粗的古樟，像一把巨伞横卧在广场一侧。这可是一棵不平凡的树，早在 2009 年就获得江西省十大古树之一的声誉。早期儿童经典影片《红孩子》曾在这里取景。《摇篮》《长征》等多部历史题材的电视剧，多部反映领袖革命生涯的电影都曾在此拍摄。画面中，毛主席、周恩来、朱德、王稼祥、张闻天等人矫健的身影都曾在这棵树下出现，他们带着特殊乡音的话语曾在这棵树下回荡。黎明的朝阳，傍晚的夕阳，夜里的星光都曾伴随着毛泽东主席这位为了灾难深重的中国人民翻身求解放而苦思冥想、身体力行的人民领袖。当年，毛主席就住在这棵枝繁叶茂、遮阴蔽日的古樟下，为中国革命的前途沉思，为史无前例的苏维埃共和国谋划，与红军战士、人民群众促膝谈心。

　　毛主席迈着矫健的步伐从古樟一侧的苏维埃政府临时中央办公地，也称"毛泽东同志旧居"里款款走出院门的那一刻，为日后登上天安门城楼奠定了基础，积存了勇气，锤炼了胸襟，熔铸了格局。

　　走进小门楼，过小院，门楣上高悬着的"毛泽东同志旧居"七个大字赫然在目，亲切至极。这是一栋极具赣南地方建筑特色的平房——黄泥土墙，木质横梁，灰色瓦片，四方天井，几道偏门，小巧而精致。上堂的右侧就是毛泽东同志的办公室兼住室，里面有一张木板床，一个小橱柜，一张办公桌，桌上放着一盏马灯，一方砚台。一把靠背椅后，挤着一张吃饭的小方桌。房子本来就很狭窄，木质小窗透进来的光线也很有限，毛主席却在这里生活了一段时间。隔着厅堂住着的是他的老师徐特立。这对特殊的师生在大院内，在古樟下，在古井旁，常常并肩而行，侃侃而谈，夜里甚至可以听见彼此低沉的鼾声。

三

　　叶坪作为"一苏大"的纪念地，也是苏维埃临时中央政府所在地。这里不仅有红军广场、红军检阅台、红军烈士纪念塔、博生堡、列宁台……在一片茂密、挺拔的树林里，还有一棵挂着一颗炮弹的古樟树。这棵年代久远、饱经风霜的古樟一

半已经枯萎甚至腐朽，一半却依旧生机勃勃、枝繁叶茂。可就在其腰身处不偏不倚、严严实实地插入了一颗让人心惊胆战的炮弹。

1933年夏日的一天，叶坪的上空突然传来一阵巨大的轰鸣声。此刻，国民党军队的一架飞机在叶坪那片茂密的树林上方迂回盘旋。突然，一颗炮弹重重地落在这棵树上，可就在飞机上的人暗自高兴准备凯旋邀功时，他们并没有听到预期的巨响。原来，这是一颗哑弹，落在树杈上并没有爆炸。紧挨着这棵树的那栋房子就是苏维埃中央政府办公的地方，而一墙之隔住着的就是时任苏维埃主席的毛泽东，位于二楼右侧毛泽东的办公室兼住室与那颗炮弹的直线距离不足两米。

这是多么惊险的一幕，就像第五次反"围剿"失利后得到蒋介石"铁桶计划"的红军即将被围困，甚至全部被剿灭不得不紧急转移；就像红军长征来到"鸡鸣三省"隐藏于一个小山谷，面对敌军大规模的搜寻，几十匹马都不曾叫一声；就如同飞夺泸定桥，若是被敌人抢先一步则红军将重蹈石达开的覆辙。毛泽东革命一生，也曾几次遇险都逢凶化吉、转危为安，这是伟人的福气，也是人民的福分。

为了中国人民的解放事业，毛主席一家先后牺牲了7位亲人，曾经让他一次次地心痛和叹息。可是，苍天不负伟人，敌人即便找准目标，即便周密安排，不承想在关键时刻，丢下的是一颗哑弹。

如今，这颗哑弹还高悬在树叉之间，尽管是仿制的，却仍然让游人担惊受怕。惊诧之余，也为毛主席与生俱来的洪福而欣慰和自豪。

四

大革命时期，在红军队伍里，流传着许多惊天地、泣鬼神的故事。鹰潭余江的朱凤村就曾有"十八位红军家属改嫁用仅有的聘礼为婆家捐资修筑进村路"的传说。在瑞金沙洲坝下肖区七堡乡，一位名叫杨荣显老人家的 8 个儿子全部参加红军，最后都光荣牺牲了。同样在瑞金华屋还传颂着"十七棵松"的感人故事。紧邻 319 国道的华屋位于瑞金叶坪乡黄沙村，20 世纪 30 年代，仅有 43 户的华屋人全都投身到苏区的革命斗争之中，其中 18 位青壮年在对敌斗争和红军长征中英勇牺牲。中华人民共和国成立后，这里被誉为"红军村"。时隔 90 多年，人们沿着台阶登上位于村后蛤蟆岭的"华屋革命烈士纪念园"，发现一路上有 17 棵高大挺拔、伟岸的劲松都被人郑重其事地用红绸布缠绕了起来。树下各有一块一尺见方的石刻，上面写着每一个人的名字和简历。其中位于纪念碑前的小广场上，有两棵相邻的松树下分别刻着"华钦梁""华钦材"，他们一个是黄沙乡主席，另一个是黄沙区宣传部部长。两人为亲兄弟，他们同在长征途中牺牲。

据称，这 17 棵树是村里 17 位参加红军并准备随红军进行战略大转移时，在转移之前相约种下的。如今，这 17 棵青松依旧傲然挺立。

走进黄沙村，只见新房林立，村民昔日的泥瓦房已成为革命文物和红军家属旧址。

在独具特色的民房前，我们偶遇一位 70 多岁的老人。一头白发，穿着得体的老人安然地坐在藤椅上，与一位摇着蒲扇的老人一起在屋檐下休闲纳凉。他说，他们家都住在政府安置的新房里，但时常还会回老屋来看看。就在他身后的老屋里，走出了华钦梁、华钦材两位烈士。这两位烈士便是他的父亲和叔叔。他们的热血洒在长征路上。

五

　　在瑞金参观的日子，在各景点的现场，细心的游客常常能见到这样一个场景。一位年近七旬的老人，脚穿草鞋，头戴八角帽，一身红军打扮。他脚上打着绑腿，腰间系着皮带，背上一顶草帽，手持一杆红旗，上面写着：中国工农红军。在景区他免费为参观者和游客讲述当年发生的故事。他说，他的爷爷当年为毛主席做过饭，他是红军的后代。他有义务做瑞金的宣传员。

　　有参观者，包括旅行团的游客提出跟他合影，他总是爽快地答应，且无论耽误多少时间，从不趁机收费。

每一次拍照，他都深情投入，不厌其烦，且手握红旗摆出各种经典造型。这位据称多次当过影视群众演员的老人精神矍铄，乐观开朗，举手投足颇有当年红军战士的风范。他说，这些年，他身穿红军服，手举红旗游走于景区或是广场，除宣传瑞金之外，也借机推销瑞金的特产，包括独具客家风味的麻辣酱、豆豉鱼、豆腐乳、萝卜干等。碍于老人的热情，以及对瑞金和红军后代的热爱，不少游客都争相购买。

抚州的宜黄、广昌，赣州的宁都、石城，与福建长汀、建宁比邻，同属五次反"围剿"的主战场。在这片热土上，曾经洒下无数革命先烈的鲜血。作为共和国的摇篮，中华苏维埃政府所在地，瑞金的繁荣和发展，苏区人民的幸福和快乐也是人们所期待的。

瑞金，一个值得铭记和令人向往的地方。

走进湖塘村

　　弋阳是一块热土，千百年来，这里走出了众多的历史名人，南宋抗金宰相陈康伯，与文天祥齐名的爱国诗人谢叠山（真名为谢枋得），中国人民解放军中将吴克华，曾任中共中央副主席的汪东兴，无产阶级革命家、军事家、中国农民运动的杰出领导人方志敏。在看过电视剧《可爱的中国》后，前往弋阳漆工镇参观方志敏故里湖塘村的念头越发浓烈。寻着一个机会，总算了却了这

一心愿。从闽浙赣苏维埃政府所在地葛源沿着小溪一路西进，走出连绵的群山之后，展现在眼前的便是相对平坦的田园。

在漆工镇的东北角，有一个出口，这里竖立了一座巨大的牌坊，上面写着"志敏故里湖塘村"七个朱红大字。穿过牌坊，过一座小桥，不一会儿便来到了湖塘村。村子进口的左侧，有几口池塘，估计也是村名的由来。

夏日的阳光格外明亮。蓝天白云之下，湖塘村一栋栋民房高耸林立，倒映水中袅袅婷婷。湖光山色，异常美丽。瞻仰过湖塘革命烈士纪念碑之后，便来到了方志敏广场。宽阔的广场上首先映入眼帘的是一尊高大的塑像。那是方志敏烈士威风凛凛地骑在马上向前疾驰的情形。身后，有一个小建筑，更确切地说是一个简易的门楼，上面写着"闽浙赣省苏维埃政府"几个大字。

广场的左侧，便是方志敏烈士的旧居。这是一栋四面对称，

中留天井，飞檐翘角的仿古建筑，走廊上4根立柱格外醒目，木柱横梁，粉墙黛瓦独具特色。除厅堂之外，两边均有房间且大多相同。据资料介绍，旧居为祖父方名庚所建，方志敏青少年时代曾在这里生活。当时，方志敏的爷爷生有七个儿子，两个女儿。方志敏大伯、二伯、叔叔成家后这些房间差不多被占满了。东北角大多为附属的厨房、粮仓、工具间。众所周知，湖塘村遭到国民党反动派多次焚毁，方家的旧宅也几经焚

毁。这栋由方志纯题名的"方志敏旧居"是中华人民共和国成立后重建，后又维修的。不过，里面的摆设仍十分简陋。厅堂之上挂着一幅方志敏烈士的黑白照片，两旁悬挂着他自拟的对联：心有三爱奇书骏马佳山水，园栽四物苍松翠竹洁梅兰。照片中的方志敏目光坚定，表情凝重，充满精气神。就是这样一位擅长农民运动的先驱，心中有着无限美好的梦想。路过漆工镇，见到这样一幅宣传画：在弋阳看见"可爱的中国"。中国人民崇敬的领袖毛泽东为了全中国的解放，为了实现人民当家作主，一家人牺牲

了六口。方志敏也一样，在极其艰苦的岁月，他带领村里的兄弟姐妹、大叔大婶和与自己志同道合的同学、朋友，在赣东北的铅山、弋阳、横峰一带举义旗、打土豪，与国民党反动派做殊死的斗争。在此过程中，许多战友和亲友不幸牺牲。本人也在怀玉山中，为了掩护主力转移，大雪封山，弹尽粮绝，加上叛徒告密不幸被捕，最后壮烈牺牲。

湖塘村作为方志敏的故里，也是赣东北农民运动和赣东北苏维埃政权的发源地，红军转移后，这里多次遭到国民党反动派的清剿和报复。资料显示，仅湖塘村有名有姓的烈士就达近百人。他们的房子更是几经焚毁。

1949 年 5 月弋阳解放时，村里大部分为茅草房。当时，村里

的男丁几乎都参加了红军，投身到革命的洪流之中。如今，依山而居的湖塘村发生了天翻地覆的变化。不仅村容村貌焕然一新，村民的住房也得到了彻底改善。放眼望去都是高高的楼房。如今，这里新辟了许多红色纪念设施，如方志敏文学院、文化长廊、村史馆、烈士陵园，目前已成为国家 3A 级旅游景区。

盛夏，骄阳似火。时值晌午，天气炎热。但有人似乎都没有丝毫的"畏惧"。在方志敏旧居门口，我们有幸与一位 50 来岁的村民邂逅。他刚从菜地里回来，得知我们冒着酷暑从东乡而来，也非常感动。原来，他的爷爷和方志敏的爷爷是亲兄弟，他就是方志敏的堂侄子。他饶有兴致地为我们讲述了一些关于方志敏不为人知的故事。其中就包括影视剧中再现的怒杀投敌钻营到国民党政府的叔叔。而他的父亲因为只有一个儿子，想参加红军却遭到方志敏的拒绝。众所周知，在方志敏的革命队伍里好多是姑嫂、表兄弟和同学、老乡。这些亲人好友志同道合，为了理想走在一起。

驻足在方志敏烈士铜像前，我们的眼前浮现出在大雪之中，方志敏披着棉大衣，戴着手铐脚镣，怀着坚定的信念和目光走向刑场的情形。那熊熊烈火将整个湖塘村吞噬了。可是，一次次的

劫难并没有吓倒湖塘村的民众。他们坚信革命一定会成功，可爱的中国一定能实现。

就是眼前这位赫赫有名的革命家，早在 20 世纪 30 年代初就和他的战友邵式平、方志纯、祝荫隆来过东乡小璜、珀玕，秘密领导穷苦的农民起来闹革命。作为赣东北革命根据地游击区的成员，他们的足迹踏遍了余江、东乡两县边境的许多村庄。在他们的领导下，这一带的贫苦农民配合红军打土豪，斗军阀。这里留下了他们许多感人的故事。当年他们在这里闹革命时常常是昼伏夜行，即便是寒冬，也常常在山林里过夜，就这样艰苦地向贫困群众宣传革命道理。大革命失败后，东乡境内为此牺牲的有 180 多人。

东乡与方志敏和他领导的赣东北革命根据地有着密切的联系。能到弋阳漆工镇方志敏的故里湖塘村参观瞻仰，也算是一件开心的事。无论是去湖塘村，还是去葛源镇，凡是为革命、为可爱的中国牺牲了的先烈都值得我们敬仰和铭记。

可爱的中国已经实现，我们要加倍珍惜。

致敬，怀玉山

一

位于上饶市玉山县境内的怀玉山高耸挺拔，雄浑悲壮，它是一座英雄的山。

阳光下，在三清山西海栈道游览的时候，导游总不忘向游人介绍：那云雾缭绕，逶迤连绵的便是怀玉山，也是方志敏烈士战斗和被捕的地方。这时，包括我在内，不少游客便对眼前的怀玉山萌生出敬畏之情。于是，在多看一眼的同时，总想亲自去山里走一走，看一看。

今年3月的一天，我和几个好友在顺道游玩了广信区境内的灵山之后，便直奔玉山县西北部的怀玉山。从灵山驱车沿近道进入临湖镇，再过几个村庄便来到了怀玉山脚下。登山公路开始不断地在山坡上蜿蜒攀行。七拐八拐行至半山腰时，山势越来越陡峭。由于头天晚上刚下过大雨，山间大雾弥漫，能见度较低。眼前，只见缓缓流动的乳白色的雾霭随着山势飘逸，山尖的轮廓若隐若现。浓雾散去，灌木、岩石依稀可辨。此起彼伏的峰峦相依相随，峥嵘突兀。也就在这时，山道开始回旋，车窗外的景致

也随之不断变幻。迂回曲折地拐过四道弯之后恍惚到了山顶。谁知就在从风门隘口往左进入怀玉山景区的时候，眼前又是一个高坡，小车上行还得绕三个回旋。不过这里视野开阔，往左可一眼俯瞰山谷和远处的灵山，其间村田交错，山峰连绵。

车行一、两分钟之后，眼前突然出现了几个村庄，村庄住着几十户人家，更为神奇的是小村前面还有一片良田。宽阔洁净的公路两旁开设有多家民俗客栈。时值傍晚，有村民蹲在自家门前吃饭，还有小狗在门前小院里溜达，更有用篱笆围起来的菜地。这一情形，让人似乎忘却了之前云里雾里登山的经历。明明爬行了半个小时，以为登上了山顶，转眼一看，山上却有村庄，且村前村后还是崇山峻岭。

经打听，这个村子叫七盘岭，也是进入怀玉山景区的大门。

这里设有一个宽大的停车场，我们选择了一家民俗客栈住下。据村民说这个"奇怪"的名字是由上山要盘旋七道弯而来。

第二天一早，我们开始进入景区。这才发现，从七盘岭朝东再往里走，很快便到了位于梨树下的游客接待中心。再往里走，还有多个村庄，且都有菜地、果园和稻田。站在旗山红军战壕遗址的顶端朝南远眺，眼前更是豁然开朗。蓝天下、山脚下，小村相邻，道路相连，数百亩良田平展展地出现在人们眼前。原来是海拔在千米之上的一个山脊盆地。

黄山之巅有寺庙不足为奇，庐山之巅有牯岭小镇也已知晓，怀玉山之巅有这么多村子，有这么多良田的确让人意外和惊叹。原来，我们有幸来到了华东地区最高，面积最大的高山盆地。它被誉为"美丽的江南高原"，面积达 6.5 平方千米。这里不仅是怀玉山国家森林公园的所在地，是自然资源和红色资源相叠加的国家 4A 级旅游景区，更是我们慕名而来、心驰神往的革命圣地。90 多年前以"清贫"著称的革命先驱方志敏和他领导的中国工农红军北上抗日先遣队就曾在这里浴血奋战。在这块热土上，留下了勇士们的足迹，存留了千余名革命战士的英魂。

二

在怀玉乡玉峰村高竹山游客中心远远地就能看到数十棵高大挺拔的苍松。站在这儿，首先映入眼帘的是两面军旗的巨幅塑像：一面是中国工农红军第十军团，另一面是中国工农红军北上抗日先遣队。这两面旗帜是怀玉山革命圣地的象征，也是英雄的怀玉

山所承载的沉甸甸的光荣历史。从这里出发，不远处便是"为了可爱的中国——中国工农红军北上抗日先遣队纪念碑"所在地。1935年1月，先遣队经过怀玉山时，遭到敌人的围剿。1月27日下午，在高竹坑，方志敏被捕。纪念碑用简洁的文字和图案——叙述了红十军团和先遣队在怀玉山与敌人周旋激战的场景以及节点和过程。从中得知，红十军和先遣队千余名战士为了第四次反"围剿"，为了掩护中央红军顺利转移，在这里壮烈牺牲。为了见证这段历史，我们来到了旗山山巅的红军战壕和碉堡。当时，方志敏为掩护先遣队尖兵连突围，在这座战壕里浴血奋战。如今，这里修建了宣誓广场和主题群雕。置身其中，视野开阔，左侧一条大道在田野一侧延伸到几公里外的远方。就在这里，曾发生过一场鏖战……

旗山战壕遗址一侧便是方志敏烈士"清贫园"，这里立着一块巨幅石碑，上面篆刻着方志敏的著名文章《可爱的中国》。一旁有一尊方志敏身披大衣的半身塑像。我们怀着敬意瞻仰了方志敏的塑像，领略过革命家大义凛然的风骨、重读激情满怀的雄文之后，内心无不激动。在那个极其艰苦的年代，在生命受到威胁时，方志敏仍旧对革命充满信心，对祖国的未来充满希望和期待，然而，在这个过程中却是无限的清贫和简朴，以至于被捕时，国民党士兵想从他身上搜出大把银圆的美梦顿时就破灭了。

　　艰苦卓绝的战争年代固然需要清贫，但在和平时期，特别是物质生活非常丰裕的当今，许多大权在握的人却将清贫抛至脑外，大行贪欲之性，大行奢侈之道，背离初心、忘却宗旨，最终锒铛入狱，悔恨终生。民族脊梁方志敏以清贫著称，自然是这个时代所有领导干部的楷模和榜样。

从中国工农红军北上抗日先遣队纪念馆出来，置身怀玉山中，眼前似乎浮现出方志敏、粟裕率领战士们英勇突围的情形，耳畔仿佛传来敌人密集的枪炮声……

如今，这里早已成为全国爱国主义教育基地，国家 4A 级旅游景区，在大力弘扬红色文化的今天，来这里缅怀英烈的人络绎不绝。

三

玉山县境内的三清山闻名遐迩，其中，怀玉山更是以它的一段可歌可泣的革命历史独树一帜。这里重峦叠嶂，地势险要，历来是兵家必争之地。其独有的"盛夏夜盖被，立秋桃始熟"的自然环境更是人们理想的避暑胜地。这里地处玉山县、德兴市、江山市的相交地带，四周是崇山峻岭，中间一方天地。在"天帝遗玉、山神藏焉"的玉山境内，离县城 60 千米、古称"干越山"（又名辉山和玉斗山）的怀玉山红色旅游资源十分丰富，在这里，处处存留着方志敏、邵式平、粟裕等伟人的足迹和故事，高耸入云的云盖峰和玉琊峰更是见证了那段光荣的历史。然而，除此之外，这里的历史遗存也非常丰富。位于金刚峰南麓、唐代大历年间与江南四大书院齐名的怀玉书院值得游人光顾，历史名人朱熹、王安石、王宗沐、赵佑等都曾在此留下了大量的诗文和摩崖石刻。

位于纪念碑附近的"十八瀑"落差达 600 多米，在峡谷中绵延十几千米。倾泻而下的瀑布在石崖上飞溅坠落，在山林中迂回延伸。若是春日，一路的油菜花映入眼帘，在山间村落自成一景。新近建成的高速公路穿境而过，盘山公路更像是镶嵌在山谷中的彩带，自然景观同样迷人醉心。

更为有趣的是，进山时，我们邂逅了一道奇观。在大山深

处，在山峦之中，一条峡谷如一道彩虹横跨在丛山峻岭之间。久居都市，听多了高楼大厦的繁华喧闹，在烟雨朦胧、宁静险峻的怀玉山见到这一美景无不惊诧。

那一刻，我们驻足在山间，用镜头捕捉到了这一难得的景象。浓雾之中，一缕阳光透过缝隙照在山崖之上，山影忽明忽暗，千姿百态，那真是一幅美丽的画卷。

英雄的怀玉山，我们对您充满敬意。

王震纪念馆的思念

一

　　王震纪念馆位于江西省抚州市东乡区红星镇"王震公园"内。这里树木参天，碧波荡漾，四季如春，环境优美。穿过公园大门，绕过王震塑像纪念亭，往左沿石砌小道步行百余步，便进入了一处用高墙围起来的院落，一栋庄重俊秀的仿古两层小楼便出现在你的眼前。它便是被抚州市列为爱国主义教育基地的"王震纪念馆"。

走进纪念馆，迎面是一尊王震的半身铜像。他表情坚毅而庄重，目光敏锐而慈祥。铜像后面是一片广袤的田野。放眼望去，田野里金黄一片，沉甸甸的稻穗上结满了饱满的谷粒。远处，一群人正在阳光下热火朝天地收割成熟的稻子，每个人的脸上都洋溢着丰收的喜悦。据说，这是一幅纪实摄影作品，画面就取自红星垦殖场所属一农业村组的稻田。这里原是一片沼泽地，之前长满蒿草和水杨。王震将军来东乡蹲点后，带领红星垦殖场的干部职工，凭借着他们自己的双手，将这片沼泽地进行了改造。多年后，这里成了稳产高产的农田。这一特殊场景，意在说明，王震将军曾经在这一片稻田里挥洒过汗水，也说明王震将军在红星3年，使红星"旧貌变新颜"。

进门右侧是"王震纪念馆"的第一展厅。这里展示的内容包括"王震简介"和"情缘红星"两部分。主要由照片和实物组成。照片大部分为王震在各个历史时期、各个年代所拍摄，反映了王震将军的生平事迹以及在红星蹲点时下基层参加劳动，与干部职工座谈、开会的情形。展示的实物中包括王震在红星时经常阅读的书籍、用过的物品，以及王震亲笔为红星垦殖场题写的"艰苦奋斗、勇于开拓"；二楼展厅展示的包括"心系红星""辉煌红星""激励红星""红星掠影"等。整个展厅展出了数百幅珍贵的黑白、彩色照片，全面系统地介绍了王震在红星蹲点的特殊经历。真实地再现了王震将军当年在红星学习、劳动和生活，以及多次来到红星与红星干部群众见面、交流的精彩瞬间。

二

当年，身为共和国将军，任职农垦部部长的王震只身来到赣东这个小镇，住进场部职工宿舍，与干部职工、农场牧民、生产

队社员一起，头戴草帽，脖子上围着汗巾，高挽着裤腿，卷起衣袖，在草场上，在稻田里，在沟渠旁，顶着烈日苦干。三伏天，穿着短裤、背心，手持蒲扇在小院里他亲手栽植的葡萄架下与邻居纳凉、聊天⋯⋯

3年短暂的时光里，他几乎跑遍了红星的每个角落。他栽下的核桃树如今已有碗口那么粗了，他栽下的毛竹也已成林成片，他栽下的葡萄树结了一茬又一茬的硕果。在红星，他与许多干部职工一起谈过心、聊过天；与许多好邻居、好伙伴下过棋，打过猎，种过菜。他和从祖国四面八方聘请来的农业专家，种植、养殖业的行家里手相互鼓励、倾情付出，不仅使红星的农业、畜牧业快速发展，同时对整个东乡的农业、涉农经济起到了辐射和引领的作用。展板上的一张张照片真实地记录了王震为红星的发展谋划、指导、督促、解难的场景；从养鸡场到饲料粉碎机，从奶牛场到乳品厂，包括"红星培力奶粉""饲料粉碎机""巧克力奶糖"在内，红星创造培育了多个全省乃至全国都叫得响的知名品牌。正是因为当年王震将军的奠基、创业、谋划和指引，才有了牛羊满坡，瓜果满园的红星；才有了东乡生猪出口、饲料加工设备出国的创举；才有了反映农垦生活而名噪一时的电影《远方的星》，才让默默无闻的红星成为江西农垦战线一颗耀眼的星星……

　　2012年年底"王震纪念馆"落成后，先后接待了数万名前来参观的干部群众和社会各界人士，其中包括王震的生前好友及他的晚辈们。他们铭记王老的丰功伟绩，感恩将军对东乡人民的关怀，也表达对将军的崇敬和缅怀。一些领导干部在参观了"王震纪念馆"后，心潮起伏、感慨万千。在极其艰苦的环境中王震将

军时刻保持对党的忠诚，始终对农垦事业满怀激情，充满信心。他从不居功自傲，也不居高临下，而是放下身段，与人民群众打成一片过着粗茶淡饭的日子。在红星3年，他不领工资，不要报酬，生活简朴，清廉自守，至今仍可作为我们的楷模。因此，纪念馆落成不久，这里便成为抚州廉政教育基地，来这里参观的人络绎不绝。为的是弘扬王震功绩，传承创业精神，感受老革命家的宽广胸怀……

三

王震将军1908年4月11日出生于湖南省浏阳市北盛镇马战村一个佃户家庭，自投身革命以来，战功卓著，闻名遐迩。在延安处于困难时期，他毅然率领三五九旅开垦南泥湾，将一个"到处是荒山""没有人烟"的地方变成了"鲜花开满山"的"陕北的好江南"。中华人民共和国成立后，他带领生产建设兵团开赴新疆，不仅维护了民族团结、保证了祖国边境的安宁，同时，运用我党倡导的

统一战线这一法宝，广泛团结新疆各族人民，有力打击了分裂势力，王震将军成为爱国爱疆，民族团结的典范。同时为我国的农垦事业奠定了扎实的基础，并做出了杰出的贡献。

1969年10月至1971年9月，原国家副主席王震将军在红星垦殖场蹲点3年。回京后他还曾多次到红星视察工作，对红星垦殖场的存续、稳定、发展和壮大给予了热情的关心和强有力的指导，他在红星时提出的改造红壤、建设牧场、发展奶牛、走食品加工的生态循环发展的路线，成为红星垦殖场有效的管理思路和经济全面发展的坚实基础。

2012年以来，东乡先后投资2.03亿元，建立了王震公园，并对王震旧居、将军湖进行了修缮和改造，同时建立了王震纪念馆、王震纪念广场。如今的红星，不仅因为垦荒成为一个有着许

多创业故事的地方，也因为王震将军"蹲点"而成为一个充满传奇、充满生机的地方。

习近平总书记在纪念王震同志诞辰 100 周年座谈会上指出："王震同志的一生，是为党和人民的事业不懈奋斗、无私奉献的一生，是光辉的一生、壮丽的一生。他在六十多年革命生涯中表现出的无产阶级革命家的气魄、胆略和政治智慧，形成的崇高思想、品德和风范，是一笔宝贵的精神财富，永远值得我们学习。"

可就是这样一位身经百战，在农垦事业中功勋卓著，在革命圣地延安，在首都北京，在祖国的边陲新疆等地生活过的将军却将东乡红星视为"第二故乡"，还多次提及"红星就是我的家"。可见，王震将军对东乡红星一往情深。当然，40 万东乡儿女也把王震将军视为亲人，对其品格和风范有着崇高的敬意和深切的缅怀！

独秀园的哀思

一

　　建党 100 周年前夕，单位组织我们专程去往安徽安庆的独秀园参观。这对于我这个热衷于红色旅游，对领袖和先烈心存敬仰的人来说，实在是一件开心的事。

　　江南的六月，山清水秀、草长莺飞，却常常是晴雨相间，天气变幻莫测。6 月 19 日下午，我们从东乡出发，沿着济广高速由南向北直奔地处皖南的安庆。一路上，特别是景德镇浮梁至安庆东一带，群山连绵，山上灌木葱茏。头天刚下过一场大雨，山涧流水潺潺，云雾缥缈。若隐若现、层层叠叠的山峦俨然一幅精美的江南山水画，湿漉漉，水灵灵，充满生机和神韵。第二天上午，我们驱车十几分钟便来到了位于安庆市北郊——大观区仲甫路的"独秀园"。以"独秀园"命名的"陈独秀纪念馆"就坐落在一座名叫独秀峰的小山脚下。

陈独秀，安徽怀宁十里铺（今属安庆市）人，生于1879年10月，中国共产党创始人和早期领导人之一。早年留学日本。1915年在上海创办《新青年》杂志，举起民主与科学的旗帜。1918年和李大钊等创办《每周评论》，是五四新文化运动的主要领导人之一。1920年，在上海建立中国共产党发起组，进行建党活动。1921年7月，在上海举行的中国共产党第一次全国代表大

会上，当选为中央局书记。1925 年领导五卅运动。1927 年，在中共"八七"会议上被撤销总书记职务。1929 年 11 月，被开除出中国共产党。1942 年 5 月，于四川江津病逝。

距离重庆江津城区 15 千米的五举乡鹤山坪，曾设有陈独秀的墓园。1947 年其灵柩由其家人运回家乡安庆，并葬于安庆市北郊叶家冲。1998 年，陈独秀墓被列为省级重点文物保护单位，1999 年国家文物局和省、市文物局划拨专款对陈独秀墓冢进行修葺。安庆市政府于 2004 年筹建独秀园，2009 年 10 月，陈独秀纪念馆竣工开放。由此，每天吸引大批游客和参观者前来深切缅怀这位革命先驱。

二

"独秀园"掩映在一片苍翠的山林之中。据园内的工作人员介绍：整个纪念园占地 110 亩，其中墓地 1058 平方米。包括陈独秀生平事迹陈列馆、《惊雷》浮雕墙、汉白玉牌坊、《新青年》碑刻、陈独秀铜像、四方纪念池塘和陈独秀墓冢等。

天阴沉沉的，路旁的花草上都挂着晶莹的露珠。即便这样，操着各地口音前来参观的人并未减少。在工作人员的引领下，我们从园门内侧往右首先参观《惊雷》浮雕墙。用大理石砌成的浮雕墙总长大约 60 米、高约 4 米，通过"英年志气，惊天动地，开天辟地，浩然正气"四个侧面展示了陈独秀波澜起伏的一生。浮雕墙的左侧，为一座汉白玉大牌坊，其中别具一格的五孔造型寓意着陈独秀为中共一至五届总书记。高 19.19 米，宽 10.09 米，分别寓意着五四运动的发起时间和陈独秀的出生日期。

　　穿过牌坊，走过凹凸不平的黑色大理石板铺成的柏林墓道，不由得让人想起陈独秀坎坷不平的一生。墓道两旁耸立着一棵棵挺拔的翠柏，为纪念园营造了一种庄重肃穆的纪念氛围。墓道的尽头赫然耸立着一尊高大的塑像，这便是陈独秀铜像。铜像高 6 米、底座 3.5 米。抬头望去，身穿西装，手持书卷的陈独秀目光敏锐，朝气蓬勃，给人以志向高远，激情满怀的印象。展现陈独秀在新文化运动中抨击旧礼教、旧文化，宣传新思想、新学说的光辉形象及饱满的革命意志。铜像后面为《新青年》碑刻，迎面翻开的是一本《新青年》杂志的封面，背面是陈独秀于 1915 年发表在杂志创刊号上的《敬告青年》一文的六个标题。该文是陈独秀发动新文化运动的宣言书，贯穿六项标准中的一条红线便是"民主"与"科学"。

　　在一阵突如其来的细雨中，再往里走几十步，一口宽大的清水池塘便映入眼帘。这便是陈独秀纪念水塘。四四方方的纪念水塘是在原有池塘的基础上改造的。它寓意着陈独秀一生清清白白做人，规规矩矩做事。池塘的西侧便是陈独秀的墓冢。墓冢高 4 米，直径 7 米，由汉白玉贴面，呈半球形矗立正中。墓碑上采用唐代欧阳询的正楷，刻有"陈独秀先生之墓"七个大字。一代伟人魂归故里，也算一件幸事。

　　从墓园回来，我们来到陈独秀纪念馆，这里有许多与陈独秀有关的珍贵照片和史料。在这里我们详细了解陈独秀的生平事迹，感受着陈独秀高尚的品格，对包括李大钊、毛泽东、周恩来在内的老一辈无产阶级革命家艰苦卓绝、不怕牺牲的奋斗历史有了进一步的认识。

　　陈独秀曾 5 次被捕。可是他却忍辱负重、大义凛然、无所畏惧。他一手创办了《新青年》，提倡民主与科学，领导五四运动，

为创建中国共产党四处奔走，几度入狱，他的革命精神令人崇敬。在他的熏陶和引领下，他的儿子陈延年、陈乔年也投身革命洪流，并为党的事业先后献出年轻的生命。为古老的安庆，为黄梅戏的故乡谱写了"一门三中委，兄弟皆部长"的动人篇章。置身其中，让安庆人倍感自豪，也让参观者肃然起敬。

作为中国新文化运动的旗手、中国共产党的创始人之一，陈独秀为中国共产党的创立及早期发展做出了巨大的贡献，他提出的民主、科学的理念直至今天仍有重要的借鉴意义。值此百年党庆，深切缅怀这位新文化运动的旗手，五四运动的总司令，缅怀的同时不免让人心潮起伏，激情澎湃。

三

小雨还在淅淅沥沥地下着。地上湿漉漉的，天空显得格外的低垂。苍松翠柏上的水滴连同一阵阵飘浮的云雾，似乎都和我们

一样在表达着对这位伟人的哀思。诚如馆内的工作人员所说："陈独秀先生或许有过过错，但总的说来还是一位应该让人铭记的伟人。"革命初期，特别是在中国大地上传播马克思主义的功劳簿上，应该有陈独秀先生的浓彩一笔。在建党百年华诞来临之际，能亲临独秀园实在是一件有意义的事。

细雨不停，思念未尽。离开纪念馆，那映照在展厅顶壁上的"行无愧怍心常坦，身处艰难气若虹"两句话却依旧弥漫在心头。这是他人生、品格的写照，也是他追求、践行的情操。陈独秀作为一位伟人，他的思想影响了众多的名人志士和领导人。即便被开除党籍，仍旧表现出铮铮傲骨。即使在艰苦困顿的晚年，他也不接受敌人的馈赠，表现出一个革命者的刚强意志和高尚人格。他拒绝了敌人的高官利诱，也错过了党的关怀和挽救。作为革命先驱，人们没有忘记他，历史原原本本地记载着他的事迹。至今，我们还在众多的影视剧中看到他的高大形象，在报纸杂志里读到缅怀他的深情文字。

初心不忘，精神永恒。让我们高擎党的伟大旗帜，为党的未竟事业，为实现民族复兴的中国梦砥砺前行，高歌猛进……

蒲儿根花盛开的村庄

——

出崇仁县城，朝西南方向经桃源，过相山，至山斜，便进入了东山村所在的陈坊村委会。这里便是流经县城的西宁水的源头，一条小溪在岭下村附近流过。在这儿，道路突然拐向山坡，且坡度越来越陡。载着我们爬坡的车子只能加大油门，缓缓地行驶在山路和丛林之中。一旁便是莫测的深涧，好在浓郁的山风不时地飘进车窗。就这样，在山间拐了几道弯之后，向导说东山村到了！

这是一个四面环山的古村，据称已有800多年的历史了。村民大多姓谢，自称是山水诗人谢灵运的后裔。走进东山村，就如同走进世外桃源，处处给人以深邃、幽静的感觉。连绵的群山便是该村的围墙，掩映其中的古祠堂、古民居、古街巷无不透露出岁月的痕迹。一条用乱石垒起来的、宽两米有余的沟渠自南向北穿村而过，大部分民居便散落在沟渠的两侧。沟渠的左边，有一条用青石板和卵石铺就的小巷在村里蜿蜒。于是，住在沟渠另一侧的不少人家只好用木料、石板、水泥架起一座座小桥。桥下流水，水边人家，俨然一幅秀美的水彩画。

在村中小巷和这条沟渠边漫步的时候，我们突然发现，东山村的多个角落都开着一簇簇类似金秋菊花一样的小黄花。这些开在沟渠两旁、小巷两侧、屋檐下、走廊上、古井旁的小黄花花茎挺拔，花叶

轻柔，浑身毛茸茸的。一朵朵，一簇簇，开得是那么热烈，闻起来是那么芬芳，那色彩、那神韵煞是惹人喜爱。这种花在别的地方似乎也见过，但这么密集生长，这样争奇斗艳确实还是头一回见。同伴中有人说，这种小花的名字叫蒲儿根，喜欢生长在南方潮湿阴凉的地方。

　　这个地方的蒲儿根生命力极强，在石缝里、在墙头上随处可见。整个村子几乎都映在金黄的色泽中。沟渠里清澈的山泉和村里随处可见的小黄花让深藏在大山之中的东山村充满了生机与神韵。

二

　　1933年春，朱德带领红一方面军总部从乐安东部来到崇仁境内的东山村。总部指挥部就设在村西一栋取名为"郎官第"的民宅里。据称它建于民国初期，具有晚清时期江南民居的风格。为了粉碎国民党反动派发动的第四次"围剿"，朱德、周恩来等红军将领率领中央红军一、三、五军团在乐安、宜黄一带开展了著名的黄陂战役。其间，彭德怀、滕代远亲率红三军团在朗源、横石一线警戒，并参与了东陂战役，为保卫红一方面军总部和取得第四次反"围剿"作出了重要贡献。

指挥所右侧约300米处的"山水清晖"民宅是朱德总司令的旧居。旧居的门前，有一棵古树，据说是朱德拴马的地方。如今树干的底部都裸露着，原来树皮都被战马啃噬了。这里曾是朱德总司令的指挥所，在这里，朱德与毛泽东、周恩来一起运筹帷幄，沉着应战，最终粉碎了蒋介石疯狂发动的第四次"围剿"。当时，敌人多次组织飞机、大炮对东山村狂轰滥炸。至今，在东山村不少民宅的墙壁上、庭院里还留下了被轰炸后的痕迹。为了躲避敌人，红军战士在指挥所紧挨着的山沿，挖了多个防空洞，作为作战掩体。洞高约2米，深9米，内设土凳、土桌，洞中设有灯台，最宽的地方可容纳三五人。就是在这样简陋的地下作战室，朱德指挥了著名的乐安登仙桥战役和宜黄黄陂战役，并取得了胜利。

1933年6月，崇仁县在这里成立了苏维埃政府。这里成为领导崇仁进行革命斗争的中心。同年7月，红军撤出东山后，国民党率领"返乡团"对东山村进行疯狂报复。负责留守的独立营和游击队总共才200人，由于敌众我寡，加上被叛徒出卖，独立营营长壮烈牺牲，政委身负重伤，东山村惨遭国民党"返乡团"洗劫。

三

　　史料记载：当年驻扎在这里的除红一方面军总部之外，还有一支特殊的部队，这便是后来被红军战士誉为"千里眼""顺风耳"的中央革委二局。1931 年红军取得第一次反"围剿"胜利后，教育争取被俘的国民党军技术人员，利用缴获的电台建立了无线电队。同年年底，国民党 26 路军 1.7 万名官兵在赵博生、董振堂的率领下，举行了震惊中外的"宁都起义"。起义部队带来了一大批无线电通信器材。1933 年 5 月，中国工农红军总司令部成立，中华苏维埃共和国中央革命军事委员会总参谋部第二局（简称"中革军委二局"）则在原无线电队的基础上成立。曾希圣任局长，钱壮飞、谭震林任副局长。中革军委二局随红一方面军总部到达东山村后，便将报务室设在东山村东北角一栋普通的民房里。这里与朱德的作战室相距不到 300 米。就在这栋简陋的民房里，他们随时侦听国民党军之间传递的电讯，为红军总部判断敌情，发布作战命令。在朱德和刘伯承的英明指挥下，中央红军的作战部署通过中革军委二局的无线电波在黄陂、东陂、摩罗嶂、拿山、草鞋岗、凤岗、山斜等地快捷传送，红军分别于 3 月 20 日、21 日在黄陂、东陂一带歼敌三万余人，粉碎了敌人第四次"围剿"。

　　对此，国民党军怀恨在心，蒋介石下令对崇仁境内的红一方面军总部所在地东山村进行报复，发报室的民房围墙都被炸塌了。至今，在存留的土墙、板壁上还可见敌机疯狂扫射留下的多个弹孔。朱德旧居后的防空洞、发报室墙上残存的弹痕似乎还在诉说着那段艰难岁月……

四

时隔80多年，在位于巴山与大王山之间的东山村，包括红军总部指挥部旧址在内的许多旧址都被修葺一新。置身东山村，眼前似乎浮现出红军将士矫健的身影，耳畔似乎传来无线电发报的嘀嗒声。用卵石铺就的小巷里曾留下朱总司令战马的蹄印，山间曾回荡着刘伯承元帅爽朗的笑声。让我们记住这些名字。他们是：被毛主席誉为一身是胆，赵子龙似的虎胆英雄彭雪枫，红色密码之父曾希圣，情报专家钱壮飞，著名将领谭

震林……

东山村的确是个易守难攻的宝地。据称，此前要进入此地，须沿着溪流逆流而上，爬400多级陡峭的台阶。如今，这条被人们誉为"红军小道"的登山道早已淹没在灌木丛中。伫立村口，只见几株粗壮的高山杜鹃盛开着一团团紫色、殷红色的花朵，远

远看去就像是飘浮的云彩。山口的牌楼下，隐隐传来飞瀑落潭的声响。当年曾目睹红军官兵进村的那棵古樟树依旧那么繁茂和苍翠。眼下，从县城至东山的道路正在扩建，纪念设施正在完善。届时，将有更多的人前来东山村参观、游览。

离开东山村的时候，蒲儿根那淡淡的花香似乎还弥漫在我们的身边。村民说，红军就是这个季节来东山村的。每年这个时候，村里都开着这种小黄花。其实，那金黄的小花朵不正是我们红军将士的一张张笑脸吗？在大山里，在艰苦卓绝的日子里他们初心不忘，一直坚定，目光辽远……

重走下湖村

20世纪30年代初，由方志敏、邵式平领导的赣东北工农红军在弋阳、横峰建立革命根据地后不断向贵溪、余江、东乡拓展。东乡境内的珀玕、小璜一带不少农民纷纷加入红军，与国民党反动派开展武装斗争。其间，赣东北工农红军赤色警卫师师长祝荫隆在小璜镇下湖村为掩护邵式平带领的警卫师主力突围时，不幸壮烈牺牲。地处小璜之东、与余江平定接壤的下湖村成为英雄血洒之地。

80多年后，下湖村发生了哪些变化？当年祝荫隆又是怎么牺牲的？带着这些疑问，怀着对烈士的崇敬之情，我们在当地向导的带领下走进了小璜镇下湖村。原来，所谓的下湖村，已经是一个村委会的代称了。下湖村委会下辖桥边、湖边、上岭、大院地四个自然村。四个自然村呈椅角，相距都不远。往东偏北便是

珀玗的弄里艾家村。当年，邵式平就曾驻扎在弄里艾家村。土地革命时期，珀玗、小璜两地加入红军和游击队的就有两三百人，为之牺牲的烈士就达100多人。其中，下湖就有10多名烈士。

走进下湖村便发现这里几乎四面环山，坐落在一片蛮开阔的田野四周。一条源自横山水库的小河从村中蜿蜒流过。进口的上岭村位于道路的右侧，跻身于一座小山之下。该村呈长条形，中间有几口小池塘。从村口的小广场及新设的亭台可以看出，该村已经进行了新农村建设，一些破旧的房子已经清除，小巷、庭院都干净整洁。再往前走便是湖边村，也叫下湖徐家。该村几乎与上岭村相连，有所不同的是住户比较紧凑，且村前有一个U字形的池塘。村民说，它就是下湖，这也是下湖村村名的由来。站在湖边，对面不远处便是桥边村。村子的东南便是大院地村，是古代小璜珊璧、珀玗笔村一带通往东乡的要道。桥边村背倚汉堂岭，与之紧邻的鸡公山海拔差不多150米，这里是一个要塞，鸡公山居高临下，可扼守余江、东乡两地通道。

1932年6月25日，赣东北革命根据地所属的赤色警卫师在偷袭东乡县城因下大雨，且得到敌军突然增兵的消息后，果断撤回珀玗并在珀玗村召开了群众动员大会。会后，在下湖村一位秘密加入了红军队伍的村民的引领下，800余名赤色警卫师战士就驻扎在下湖村的几个村子里。

同年端午节后的10来天，东乡境内持续下大雨。驻扎在下湖村的邵式平、祝荫隆原计划第二天晚上冒着大雨到赤岭村突袭戴森荣家，这天正好是县长戴森荣之父生日。赤色警卫师数十名战士由杨溪、王桥到达瑶圩乡黄柏桥村时，突然电闪雷鸣，暴雨如注。附近瑶河涨水漫过河堤，淹没了前行的道路。当时，赤岭村就近在咫尺，碍于无路可走，只得无功而返。

6月27日这天一早，国民党所属的第53师和第5师突然将下湖村严严实实地包围了起来，邵式平和祝荫隆及赤色警卫师战士由于头天晚上冒雨行军折腾了一夜都极度疲劳，大都起得较晚，上午8点大家才起来吃早饭。得到消息后，邵式平、祝荫隆果断决定誓死突围。经商量他们决定兵分两路：一路由赣东北省委巡视员邵式平亲率700多名主力从右侧的桥边村也就是鸡公岭方向转移，其余百人由师长祝荫隆带领从右侧即上岭村方向正面迎敌，同时负责狙击和掩护。当时，祝荫隆和他的新婚妻子就住在湖边村村民徐路亮家中。出门时，天还下着大雨，祝荫隆骑着一匹马来到上岭村北侧的石桥边，马立刻停住了脚步。原来，河水已经漫过了桥面，只有一个大致的痕迹。祝荫隆不顾安危，依旧扬鞭策马，勇敢地闯过河去。在他的影响下，100余名战士争先恐后冲过石桥。这时，早已埋伏在对面桥头村的敌人便居高临下朝祝荫隆和他的战友猛烈扫射，祝荫隆和他的战友奋力反抗，由于道路泥泞、地形不佳加上人数悬殊，装备欠缺，抵抗的能力非常有限。可是，祝荫隆还是誓死进攻，并引导战友向右侧的鸡公山一带转移，以便占领制高点，尽快让其余700多名战友撤离。可就在这时，祝荫隆的战马陷进淤泥里，正挣扎时，一颗罪恶的子弹射进了他的大腿，跌下马来的祝荫隆依旧站了起来。这时，他枪里的子弹已经打光了。眼看敌人就在身边，他果断冲上去抱住一名敌人并勇敢地夺过他手里的枪支，转身朝敌方猛烈地扫射，又一批国民党士兵倒在地上。可是，因敌众我寡，兵力过于悬殊，在激战中，祝荫隆再次中弹倒下。就这样，在一个多小时的激战中近百名战士壮烈牺牲。在他们的掩护下，邵式平

和 700 多名警卫师战士得以撤离。这些幸存下来的赤色警卫师战士在第五次反"围剿"中改编为中国工农红军第十军，为掩护中央红军突围做出了突出的贡献。随后，邵氏平还率领他们参加了二万五千里长征，这是后话。

青山依旧，岁月变迁。这段历史还深深地印刻在下湖村村民的心中。据称，当年祝荫隆在湖边村村民徐路亮家中住过的房子还在。牺牲这天，徐路亮一再劝他不要出门。祝荫隆说："我是警卫师师长，是一名共产党员，就算要死也要冲在前面。"这天，他的新婚妻子也和他一同牺牲在桥头村村前那一片稻田中。

　　这天，徐路亮的后人还给我们讲述了邵式平和祝荫隆的一些故事。其孙徐文平放下手头的活计带领我们沿着当年邵式平他们撤离的路线来到鸡公山下，之后又绕道到祝荫隆他们与敌人激战的主战场桥边村。在桥边村，徐文平指着村前那片稻田说，当年祝荫隆就牺牲在稻田之间的那条田埂边。这条田埂离那座石桥也就几百米的距离。田埂的那一头可通往鸡公山，直线距离不足两里地，可就是在这儿这位只留下名字、不知籍贯和年龄，新婚宴尔的年轻勇士与我们阴阳相隔。

　　站在桥边村村口，眼望村前那一片稻田，似乎没有什么特别之处。秋天，晚稻收割后留下的稻茬在阳光下坚强地挺立着，小河依旧在它的身旁汩汩流淌，小桥上依旧有村民在行走。然而，在我们的眼前却似乎浮现出这样一幅画面：勇敢的红军战士一个个倒下了，罪恶的子弹在耳畔嗖嗖横飞……

　　硝烟已经散去，宁静与和平都将长存。站在下湖徐家村村口，看横在眼前的高速公路、高速铁路，以及急速掠过的车辆，仿佛觉得下湖村已经踏上了时代的列车。眼前的所有变化也算是对先烈、先辈们最好的告慰。

葛源印象

　　葛源镇因漫山遍野长满野葛，又处溪水源头而得名。20世纪30年代，这里曾经是方志敏、邵式平领导的闽浙赣省委机关所在地，也是赣东北革命根据地的中心区域。葛源镇地处上饶市横峰县北部，东与广信区望仙乡、湖村乡相连，西与弋阳县漆工镇相邻，南与青板乡接壤，北与德兴市绕二镇衔接。

　　90多年前，葛源镇经常出现红军战士的身影，老一辈革命家方志敏、邵式平、黄道、方志纯等都曾在此工作过三年。1932年除夕夜，方志敏奉命率领红军离开葛源，奔赴中央苏区参加第四次反"围剿"，并取得了胜利。第五次反"围剿"失败后，根据中央的部署，由方志敏、邵式平组建的中国工农红军第十军改名为中国工农红军北上抗日先遣队，在掩护苏区中央红军主力顺利转移后踏上长征之路。闽浙赣苏维埃政府撤离葛源那天，方志敏站在枫林村的广场上，满含热泪，向葛源村、向根据地的人民群众道别，葛源人民深情欢送。

四面环山的葛源镇枫林村到处都是高大的枫树。深秋，染过重霜之后，一棵棵枫树的枝丫上殷红一片，远远看去，就像燃烧着的一团团火焰。它寄托着红军战士的信念和理想，也是红军战士用生命和鲜血而染成。

在许多枫树和古樟树的掩映之下，几十栋黄色夯土墙、灰色瓦和黑色飞檐门楣构成的独具赣东北民居特色的民房格外醒目。

蓝天白云之下，与周边村落、集镇有着明显的区别。从葛源镇镇政府所在地进入闽浙赣大道，来到枫林村，首先映入眼帘的便是红军广场和红军检阅台。当年，每次重大的军事行动之前，方志敏等人都要在这里进行战前动员，凯旋后又要在这里祝捷。每逢重要节日，红军战士也在这里与群众联欢。那时，从附近各村来这里的红军战士们一个个兴高采烈，热血沸腾。在这里，他们见到了自己敬仰的苏维埃政府领导人，见到了共产党人领导下的根据地的新景象，见到了目标一致、理想一样的熟悉、不熟悉的战友。

离开广场，我们顺着路标依次参观了中国共产党闽浙赣省委员会旧址、中华苏维埃共和国闽浙赣省苏维埃政府旧址、闽浙赣省军区司令部旧址。这些极具象征意义的建筑乍一看似乎与当地的民宅没有什么区别，细看才发现它们都是面积较大、结构不同、特色鲜明的旧宅。据称，之前有的是宗祠，有的是书院，有的是开明人士的住所，后来成为闽浙赣革命根据地党和苏维埃政府的最高机关。早在 1996 年 11 月 20 日，"闽浙赣省委机关旧址"就曾被国务院公布为第四批全国重点文物保护单位。

由于与方志敏、邵式平领导的闽浙赣革命根据地毗邻，又是中国工农红军第十军的游击区，在东乡这块热土上也曾经留下革命先辈方志敏、邵式平弥足珍贵的足迹。20 世纪 30 年代初，闽浙赣工农红军赤色警卫师在红十军政委邵式平、师长祝荫隆的领导下，从横峰葛源经弋阳、万年来到东乡、余江的边境地区，也就是小璜、珀玕、邬桥、春涛一带领导贫苦农民开展武装斗争。在春涛乡的朱凤村建立了河南（信江之南）中心县委，中心县委书记吴凤山在方志纯的领导下，与东乡境内的艾康山等人一道秘

密发展地下党员，配合红军战士打土豪。就在小璜下湖村，赤色警卫师师长祝荫隆为了掩护大部分战士从另一侧转移，与近百名战友壮烈牺牲。这一战，在东乡境内留下了许多感人的故事。撤出战斗后，邵式平带领其余700多名战士辗转回到葛源村。

记得儿时读过方志敏的《清贫》和《可爱的中国》，后来也收集过许多方志敏、邵式平在东乡的红色故事，尤其是看过电视剧《可爱的中国》之后，原本就崇敬革命先烈的我突然萌发了要到葛源参观的念头。这次文友提议到上饶的望仙谷游玩，之后，便决定径直去横峰的葛源。由于人生地不熟，只得通过导航。经过茗洋乡政府，大约在茗洋关水库中段一侧，我们进入了便道。在经过几个小村之后，才发现这条道不仅狭窄、陡峭，而且拐弯抹角，几乎都是在山沟和梯田之间爬行。好在没有什么车辆交会，好不容易翻过山脊之后，才发现山势是那么陡峭。司机一路小心

翼翼驾驶，乘车者鸦雀无声，心里充满着紧张。山那边，同样是崇山峻岭。山巅鸟瞰，只见连绵起伏的山峦之间，遍布村寨田园。下山后，才发现有一条比较宽阔的公路新修到这里。沿着这条路很快便来到葛源。这条公路显然是最便捷的，可是，事后，几经周折在地图上都找不到它的痕迹，细想起来真有些后怕。

进入枫林村，一一参观这些旧址后，一行五人都觉得颇有收获。若不是亲眼所见，谁能相信，在这样一个偏僻的山村，曾经是闽浙赣省的省会，也是老一辈革命家方志敏留有足迹的地方。在这些旧址里参观，最深的印象是，包括方志敏在内，他们的住所都是那么简陋，工作环境是那么的艰苦，但却时常要提防国民党反动派的围剿和攻击。在红军广场一侧的烈士纪念塔的碑文上，密密麻麻地刻着葛源村牺牲的烈士名字。其中汪姓就达40多人。葛源村人民群众对闽浙赣根据地所做出的贡献可见一斑。

登上树木参天、一峰独立的烈士纪念塔所在地，得知方志敏曾多次在此晨练、读书，以及和战友谋划未来，走在林荫小道上，我们深感这位革命先驱的伟大，理想和信念的坚定。他清贫的一生，是共产党人的楷模，更是心中装着"可爱的中国"的典范。在山隘之中的葛源，方志敏率先创立了苏维埃的一个样板，也为江西赣东北这块土地播撒了红色的种子。

枫清河绕村而过，溪水清澈而宁静。

时隔近百年，村里的枫树依旧枝繁叶茂、浓荫蔽日。葛源，一块红色的热土，一个与《可爱的中国》有着深厚渊源的小村。

离开葛源时，方志敏的高大形象似乎还浮现在眼前。

弄里艾家：邵式平
曾经战斗过的地方

一

　　弄里艾家村附近的革命烈士纪念塔已经竖立 60 多年了。它记录了大革命时期发生在东乡珀玗、小璜境内的一段可歌可泣的历史，见证了东乡第一个红色政权的诞生……

　　资料介绍：纪念塔由红石与钢筋混凝土共同建成，占地大约 100 平方米。分主塔、围栏和瞻仰平台三个部分。其中塔高 12 米左右，塔身为锥形四方体立柱，顶端镶有一颗五角星造型。塔基为正方形，边长大概 3 米，高两米左右。主塔四周有两米高的红石围墙，进口朝南。纪念塔四面分别刻有毛泽东和林彪的题词。东、南、西三面均为毛泽东的题词，分别为："共产主义是不可抗御的！星星之火可以燎原！死难烈士万岁！""英勇牺牲的烈士们千古——无尚光荣！""为人民而死，虽死犹荣！"北面为林彪的题词："革命烈士永垂不朽！"由于历史原因，林彪的题词早在 20 世纪 70 年代就用水泥或是黏稠的稀泥涂抹了，字迹似乎依稀可辨。

　　秋日的阳光下，革命烈士纪念塔依然昂首挺立。站在塔前的平台上，俯瞰艾家村，只见一栋栋楼房拔地而起，一片片松树林郁郁葱葱。就在这块土地上，邵式平、方志纯和他们领导的红军战士夜深人静时在清油灯下与老石匠促膝谈心，他们浅显的话语诠释了深刻的道理：受苦受穷的农民只有团结起来闹革命才能过上幸福的生活；只有打倒土豪劣绅、建立新中国才能翻身得解放，才能当家做主人。红军战士朴素的话语像寒夜的星光指引了农民兄弟前行的方向；像一盆炭火让这些面朝黄土背朝天的庄稼汉在寒冬里感觉到了温暖。在弄里艾家村村民的影响下，珀玗仙基、笔村、刘家、莲塘、罗源、坎头；小璜下湖、东岗、余家、妙泉等数十个村子的村民纷纷报名参加革命。他们与红军战士紧密联系，与艾家村村民一道在这片红石坡上细听邵式平、方志纯宣传革命道理，在密林里训练对敌作

战的本领。红军驻扎在弄里艾家村一个半月，得到了这些投身革命的农民的极大帮助。红军撤退后，不少"上了名字"的农民惨遭杀害。《东乡县志》（革命烈士英名录）中所列的"革命英烈"三分之一属于这一带的农民。其中珀玕乡英勇牺牲的就达50人，邻镇小璜39人，他们大多数是20世纪30年代参加土地革命时牺牲的。

二

　　1931年11月的一天，弄里艾家村突然来了一位不速之客，他就是受赣东北省委指派到东乡边境弄里艾家村秘密开展土地革命活动的吴凤山。吴凤山，余江春涛朱凤源村人，赣东北河南中心县委负责人之一。他一身农民打扮，穿着粗布对襟短褂，头上围着一块汗巾，看上去憨厚朴实。他来到弄里艾家村后，先在艾康山家落脚。艾康山，字忠魁，生于清光绪三十年（1904）。他身材

高大，说话瓮声瓮气。艾康山从小就跟随父亲到红石场采石，不仅练就一手好手艺，而且性格豪爽，爱打抱不平，且处事大胆果断。小时候，因为家里穷，他只上过两年私塾，却认识不少字，加上脑袋瓜机灵，喜欢细心琢磨和思考，遇到疑难问题时往往能厘清头绪，找到解决的办法。因此村里人便称他为"细蛮子""机灵鬼"。"蛮子"一词在东乡是指"明知不可为，却偏要为之"的行为。也指一些不容易办到的事，他经过努力，使出蛮劲出人意料的成功了。艾康山就属于这一种。

在吴凤山的鼓励和动员下，艾康山第一个报名参加了土地革命。他提起笔在吴凤山预先准备好的红纸上，歪歪扭扭地写上自己名字的时候，他的身后还有不少苦大仇深的农民。当然，"上名字"这件事是秘密进行的，也是严肃认真的，意味他正式参加了革命组织，与国民党反动派势不两立。从那一刻起，他就要把自己交给红军，交给革命事业。为了革命，为了劳苦大众的翻身解放，关键时刻，不惜牺牲生命。这些，艾康山都知道。可还是毅然做出决定，并积极协助吴凤山在弄里艾家村开展"上名字"工作。在吴凤山和艾康山的动员下，本村艾富山等人也积极参与。后来，他们又向邻村串联，附近的笔村、仙基、刘家等村的许多农民都纷纷加入，一时间，"上名字"的人达四五百人，在东乡的东北部形成了一股强大的势力。

1932年春天，当地士绅李庭瑞在国民党东乡县县长谭炳镒的支持下，组成了旨在消灭红军、消灭共产党秘密组织的反动队伍——"铲共义勇军"，他们残酷杀害了鲍家村参加革命的农民鲍洪太一家大小4口人。得知消息后，艾康山满腔悲愤。在敌强我弱，革命还非常隐秘，革命者一旦暴露就难免一死的严酷的现

实面前，艾康山彻夜思考。他觉得只有团结农民，组织队伍，拿起武器，开展武装斗争才能消灭反动势力。同年2月，他带领于冬高、熊福生两支游击队，分别攻打小璜镇的东岗、辜墩辛村，处决了恶霸地主尧大茂、辛古仔。同年6月12日，在邵式平的布置和安排下，艾康山与艾有山、艾炳华等4人配合红军游击队，在郝家碑阻击国民党军周浑元的一个团。6月16日，国民党周浑元部卷土重来，艾康山又配合游击队巧妙布阵，击退了国民党军，俘虏4人。缴获了一批枪支弹药及食盐等物资。6月24日，师长祝荫隆率领的中国工农红军第十军下辖赤色警卫师在小璜下湖村和国民党第5师、第53师发生战斗，警卫师师长祝荫隆不幸牺牲，国民党军队抬着祝师长的遗体正赶往余江邓埠报功时，艾康山组织武装人员埋伏在东岗嘴一座寺庙附近，狙击国民党部队，打死了国民党排长一名，活捉了两名士兵，从中夺回了祝荫隆的遗体，并将他秘密安葬在汉堂岭的山坳之中。

这一举动赢得了地方苏维埃政府以及红十军领导人的关注。同年 7 月，艾康山当选为东乡一区区苏维埃主席。从此，他与邵式平这位前县委书记、红十军政委来往更加频繁。

三

邵式平，江西弋阳县邵家坂人，出生于 1900 年 1 月 27 日，我党我军早期的无产阶级革命家、军事家，著名的农民运动领袖。也是弋（阳）横（峰）暴动的主要领导人之一。与方志敏是同乡同学，亲密战友。邵式平身材魁梧，浓眉大眼，看上去威风凛凛。有人说，他平时表情严肃的时候，常给人一种畏惧感。故

有"邵阎王"的外号。据称，他练得一身好武艺。不仅臂力过人，还有一双"飞毛腿"。

有一回，邵式平和艾康山去附近一个村里宣传革命道理。他独自一人悄悄地进村，安排艾康山在村后的树林里接应。没想到村里有人私下走漏消息，敌人突然从大门破门而入。见情况危急，邵式平撒腿就往后门转移。谁知后门出门便是几块稻田。时值夏天，农民将稻田翻耕了一遍，一块块泥团像一个个翻卷的波浪，在浅水中半浸泡着。若是走狭窄的田埂即弯路，又有杂草不便行走。情急之下，邵式平不假思索径直就往泥田里跑。只见他脚踏泥块，健步如飞。国民党士兵见状赶紧唤出一只协同搜寻的警犬前往追赶。警犬得到指令后，立刻下田追赶前面的邵式平。谁知，却怎么也追不上前面的"飞毛腿"。也就在这时，邵式平的一只鞋子跑丢了，他只得一脚穿鞋，一脚光着，继续在第二块泥田里没命地跑着。警犬跑过第二块泥田的田埂之后，突然一脚踏空陷进淤泥里，一时动弹不得。邵式平趁机一鼓作气跑进了树林。当他好不容易钻进村后不远处那茂密的森林里见到艾康山时，才知道自己在跨过山沿那条深沟时，把脚给崴了。

艾康山二话没说，背起他就往弄里艾家村跑。弄里艾家村方圆五六里都是密密麻麻的森林，夜里穿行其间岔道又多，有时难以辨别，且常有农民武装在此埋伏，敌人也就不敢贸然前往。就这样，艾康山背着邵式平在密林里走了老半天，邵式平才安全脱险。

12月底，红军被迫转移到弋阳、德兴一带继续开展革命斗争。艾康山毫不犹豫地跟随邵式平一同前往……红十军被组建成

抗日先遣队北上抗日后，艾康山未能列入队伍，只得留在余干一带继续做石匠。直到抗日战争爆发，他才回到弄里艾家村。

四

资料记载：早在 1932 年 7 月，由邵式平、方志纯亲自主持的东乡县临时苏维埃政府就在珀玕弄里艾家成立了。同月在东乡边境的余江县皇蜂岭余家村成立中共东乡区委和区苏维埃政府。当时，这个临时苏维埃政府就设在弄里艾家的艾炳华家。一天，驻扎在余江邓埠的国民党一个连的军队伺机向弄里艾家进剿。红军得知消息后，预先埋伏在村东北 5 里的坞桥村的密林里。敌军从邓埠出发行军 10 余里，刚踏进坞桥与弄里艾家交界的地方，只听见一片喊杀声。同时，土炮声、机关枪射击声、手榴弹爆破声此起彼伏，几个突出的山头上红旗高高举起、迎风飘扬。各个方向的红军战士似乎都朝着一个地方增援和包抄。国民党一个连的士兵与树林里的三十几名红军对峙了好一会儿，只觉得红军队伍越打越猛，人数越来越多。因为红军都隐秘在密林里，而他们却暴露在空旷的田野中，怎么也摸不到实情，相互对打了一阵之后赶紧撤退，仓皇逃回了大本营。

1932 年 3 月 5 日，赣东北省委决定在东乡开辟新的根据地。委派赣东北赤色警卫师师长祝荫隆和省委巡视员邵式平前往东乡的弄里艾家村。6 月 22 日，祝荫隆与邵式平率领赤色警卫师从贵溪向东乡进发。到达石港时俘获国民党县长等 30 余人；行至余江三周时，又俘获余江靖卫团 116 人，缴枪 200 余支。进入东乡县境后，先后袭击了小璜区公署和黄家渡的国民党驻军。6月27日，警卫师在下湖、上岭等地驻扎。国民党第53师两个团向祝荫隆部发动突然袭击，敌我双方在下湖鸡公山一带展开激战。赤色警卫师800余人与国民党第53师一个团激战8个小时。由于敌众我寡，实力悬殊。祝荫隆决定迅速组织兵力抢占湖州岭制高点，以有利地形御敌，不料在此过程中中弹身亡。危急之时，国民党第5师又赶来增援，与第53师对赤色警卫师形成"围剿"之势。面对十分危急的态势，省委巡视员邵式平在痛失战友的情况下，强忍悲痛沉着应战。他果断指挥部队迅

速突围，向苏区撤退。

祝荫隆的遗体被艾康山等组织的群众武装截获后，安葬于汉堂岭。1956年，东乡县人民政府在珀玕弄里艾家兴建革命烈士纪念塔，同时将祝荫隆的遗体迁葬于纪念塔前。1962年，为了便于群众扫墓和瞻仰，再次将其遗体移葬在珀玕乡政府所在地的革命烈士纪念亭中。

走进韶山

一

　　韶山原本是一个不起眼的小村，因为在湘中乃至湘潭这样的小村随处可见。它们坐落在两座山岭之间，跻身于一垄稻田一侧。门前一口池塘，既能用来洗衣洗菜，又能用来灌溉。韶山，确切地说，韶山冲也不例外。湖南湘潭一带把夹杂在两座山岭之间那块被山洪冲击下来，由不断淤积的泥沙所形成的一垄荒地或是稻田都叫作冲。韶山冲由此得名。如果不是一位伟人冷不丁地出生在这里，那它也许和别的村子一样平凡而普通。120多年前的一个深冬的早晨，这位后来被人们尊称为"人民的大救星"的伟人降生，并以他毕生的信念和毅力使4万万同胞真正站起来

之后，这里便成为中国乃至世界关注的地方。

100多年后，韶山冲依旧还保存着当年的模样。这是因为那两座山依旧一前一后还耸立在那儿，山上灌木葱茏，郁郁葱葱。两山之间那一垄稻田还存留在那儿，时值初冬，稻田里还留有收割后留下的稻茬。山沿一侧，翠竹掩映之处，那一栋坐南朝北，乍一看就像一个"凹"字形的农舍依旧在那儿。它就是毛泽东的诞生地——韶山冲上屋场。上屋场的对面，那口圆圆的池塘还

在，甚至池塘一侧用来种瓜的棚架和用于取水的小石桥还保留着先前的样子。有所不同的是，村前紧靠池塘的那几棵风景树长高了，对面池塘里年复一年盛开的荷花凋谢了，在这个枫叶都被寒霜染红了的时节，荷叶也卷曲起来了。清澈的池水中，有它们傲霜斗雪的铮铮铁骨。

在韶山毛泽东广场向主席铜像深情地表达敬仰、送上花篮以示深切的缅怀之

后，我们来到毛主席纪念馆，一段段艰苦卓绝的历程，一篇篇载入史册的华章，让我们心潮起伏，思绪翩跹。就是这么一位永载史册，名垂千古的人民领袖竟然诞生在这么一个小小的山村！

从铜像广场西侧，绕过韶山毛主席图书馆，穿过一条窄窄的隧道，呈现在眼前的是两座山岭之间几块窄窄的稻田。窄窄的田埂像几根弧线，上面有三三两两的行人。对面有一栋黄色的房子，乍一看，与图片中的毛主席故居有几分相似，细看又不像。后来才知道那是韶山毛主席故居警卫战士的营房。在这顷刻之间似乎又从都市回到了乡村，从繁华回到了原始。

在山坳的左侧，有一条便道。在导游的引领下，在这条浓荫蔽日的小道上向前步行两三百步之后，韶山冲毛主席故居便赫然出现在我的眼前。

二

那一刻，我真的感觉是在梦中。多年来，对领袖的崇敬，对韶山的向往，浓浓的情怀萦绕在心间。8岁时，翻开课本读到的是"毛主席万岁"五个大字！尽管那时对毛主席了解甚少，对万岁的含义界定不清。但是，教室里、墙壁上挂着的毛主席画像早已铭记在心。后来，随着年龄的增长、书本知识的累积和社会阅历的丰富，对领袖的敬仰和缅怀之情便随着岁月的流逝而变得更加强烈。在红色摇篮井冈山、革命圣地延安，在庐山含鄱口，在北戴河老虎滩，在北京天安门广场，在人民大会堂门口，我都曾捡拾过人民领袖的足迹，表达过对人民领袖的挚爱。但是，对于韶山，对于领袖的故乡却一直只能在影视作品和景点照片中隔空欣赏。

这天，韶山冲毛主席的故居上屋场便活生生地呈现在我的眼前。那一刻，同时出现在我脑海里的是我曾经在课堂上一次又一次地讲述过的课文《回韶山》。这是一篇只有600多字的短文，相信生于20世纪六七十年代的中老年人都还记得，甚至还能倒背如流：

1959年6月25日傍晚，毛泽东同志在罗瑞卿等同志的陪同下，回到他的故乡——湖南湘潭韶山冲。第二天是个大晴天，天气很热。毛泽东同志穿着一件白衬衣，来到他的旧居"上屋场"。这座房子一半盖的是瓦，一半盖的是稻草，人们说当年就是这样的……

毛泽东同志来到当年自己的住房，这里是卧室也是书斋。毛泽东同志在青少年时代，就常常在一盏桐油灯下熬夜读书，床头的墩椅上还摆着一个古旧的简陋的灯盏。左边墙上挂着一张大照片，是毛泽东同志跟他母亲和大弟的合影。对这张相片，毛泽东同志很有兴致，他笑着问："这是从哪里'拱出来'的呀？这怕是我最早的相片了。你们看，跟我现在像不像？""拱出来"是纯粹的湖南话，就是"冒出来"的意思。

　　……出了后门，来到一个小小的晒谷坪。这上面的山，下面的田，都是毛泽东同志早年劳动过的地方。

　　由于有了这篇短文的引领，我们在上屋场参观的热情更加高涨。那一天，来这里参观的游客非常多，大家都有秩序地进入。人群中，还真有不少上了年纪的游客一边观看，一边不经意地念起了儿时读过的那篇课文。

　　1893 年 12 月 26 日，毛泽东诞生在这里并在此度过了童年和少年时代，直至 1910 年的秋天才离开韶山外出求学。时隔百余年，故居里依旧陈列着许多毛主席和其家人当年用过的物品，上面都曾留下过毛泽东的印迹。上屋场毛泽东旧居共有 18 间。其中毛泽东卧室顶上有一扇天窗，透过天窗顺着楼梯可攀上屋顶。1925 年 6 月，毛泽东曾经在这里召开了秘密会议，建立了韶山的第一个中共支部。

三

　　韶山冲毛泽东故居前面是一口长满荷花的池塘，名叫南岸塘。附近 100 米左右就是毛泽东少年时代读书的私塾——南岸私

塾，在私塾，毛泽东得到文化知识的启蒙，在韶山的上屋场开始了他对人生和前途的思考。

1878年，毛泽东的祖父在此分得15亩山旯兕地及半间茅房。生下儿子毛顺生后，日子变得艰难起来。为了还债，毛泽东的父亲出门当兵，几年后，见多识广、有所历练的毛顺生回到韶山，做起了谷米和耕牛生意。几经折腾累积了一些财富之后，购买其叔父的水田7亩，并将之前的茅房改造、翻修，日渐成为今天这个模样。

按理来说，毛泽东的家境在当时还是比较殷实的。但是，他却选择了一条让全中国劳苦大众都能脱离苦海的神圣事业。有人说，毛主席一生都是为了人民，心里永远记着的是人民。可是，革命胜利后，他却一直过着清贫廉洁的生活。韶山毛泽东遗物馆、毛主席纪念馆都珍藏着大量的实物，其中包括课文中经常叙述过的睡衣和油鞋。那是一件补了又补、缝了又缝的睡衣，是一双破破烂烂，几乎没有了后跟的油鞋。

为了革命，为了实现他心中的念想，32年没有回过故乡。为了扭转乾坤，为了使中国4万万同胞改变命运，当家作主，毛家先后7人牺牲在战场，牺牲在革命的道路上。

绕过门前的荷花池塘来到南岸，毛主席的旧居完整地呈现在游客眼前。在这里可以看到韶山冲的全貌：一个依旧保存着原始模样的著名景区，田埂像细线，稻田还在耕种，路还是窄窄的，两旁长着野草。境内几乎没有高大、醒目的建筑。但是，它的灵魂还在，精神还在。

韶山，一个令人向往的地方，一个让世界惊叹和折服的地方。

夜宿韶山冲

一

韶山被人们称为"太阳升起的地方，人民领袖的故乡"，是中国人民和世界人民心驰神往的革命圣地。韶山冲中，南岸塘边，小山脚下，茂林修竹掩映之处的上屋场，每天敞开胸怀迎接中外游客。韶山群众将他们称为"毛主席的客人"。他们来自祖国的四面八方，操着各种口音，来到韶山冲，来到上屋场表达对领袖的敬意，对世纪伟人的缅怀。韶山冲上屋场在儿时的课文《回韶山》中早已读过，那一半为茅草房、一半为青瓦房，整体呈倒凹字形的毛主席旧居从童年起就深深地印刻在心里。上韶山、看伟人的念想更是随着年纪的增长而变得更加强烈。

今年初冬一个久雨初晴的日子，夙愿终于得以实现。从东乡出发，沿着新近扩建的沪昆高速，经丰城、新余、宜春、萍乡进入湖南的浏阳。其间，因大雾几经绕道和等待，430多千米路程行驶了6个多小时才到达省会长沙。下午两点在市区一家餐馆用餐后，接着参观马王堆陈列馆，之后韶山导游安排我们在韶山吃晚饭和住宿。得知这个消息，大家都非常兴奋。能在毛主席的

家乡住上一晚，真是一件不容易的事。小型旅游车经长沙、宁乡直达湘潭市下属的韶山。一路上，夜幕渐渐地降临，因为天气阴沉，没有看到落日，唯有一片缺乏色彩的晚霞。大约一个小时，便进入了韶山境内。

韶山，因为领袖的美名，早已改为县级市，隶属于湘潭市，位于湖南省中部偏东的湘中丘陵地区。距省会长沙100千米，现有人口12万，下辖清溪镇、银田镇，韶山乡、杨林乡，市政府驻清溪镇。韶山是中国各族人民的伟大领袖毛泽东的故乡，也是他青少年时期生活、学习、劳动和从事革命活动的地方。如今早已成为全国著名革命纪念地、全国爱国主义教育基地、国家重点风景名胜区、中国优秀旅游城市。

1893年12月26日清晨，毛泽东诞生于湘潭县七都韶山冲上屋场。125年后，他的崇敬者辗转来到他的家乡，住进了韶源村的"安平山庄"。

二

韶源村离韶山冲大约 3 千米，据称是毛泽东家族最先落脚的地方。旅游车上，导游几次介绍毛主席的祖籍在江西吉水。600 年前其先祖迁徙到湖南后先在韶源村居住，后因子孙繁盛，地域狭小，转至韶山冲。

韶山位于南岳七十二峰的韶峰西南侧。站在铜像广场可以看到它尖如塔顶的雄姿。在它的周围，是一片连绵起伏的山坡。韶山就掩映在这一处山坡之中。导游之前说过，韶山其实不是山名，而是一个地名。其实这话并不一定准确。早年在中央电视广播台《走遍中国》介绍韶山的专题片中，时任韶山村党总支书记的毛雨时就指着一座形似游龙，头部翘起的山峦说："这就是韶山，它虽然不高，但却是韶山境内所有山脉的起源。由这座龙形小山发祥出的两个支脉分别有个山谷，其中一个便是韶山冲。换言之，这座龙形小山就是当地的龙脉。它不仅造就了韶山的形胜，更孕育出了一位赢得世界各国人民尊敬的伟人。"

韶山冲一词从何而来，恐怕许多人都和我一样，没来到韶山之前都不知道。原来，"韶"指的是韶乐，为虞舜时的乐名。《尚书·虞书·益稷》一书记载："箫韶九成，凤凰来仪。"《湖南省志·地理志》引述清《嘉庆一统志》卷 354 记载："韶山，相传舜南巡时，奏韶乐于此，因名。"《辞海》据此诠释韶山："相传古代虞舜南巡时，奏韶乐于此，故名……山有八景，风景优美。"

虞舜为远古时代父系氏族社会后期的部落联盟首领。姚姓，号虞氏，名重华，史称"虞舜"。他是继尧之后被中华民族世代推崇的又一明君圣主。他为尧所器重，尧不但把盟主的尊位禅让于他，还把两位爱女娥皇、女英许配与他。舜即位之后，为造福人类，开疆拓土，辞别爱侣，不辞辛苦渡黄河，涉长江，深入荆楚蛮荒之地，探测山川利弊，规划拓垦宏图。南下途中舜与侍从宿营韶山，侍从们为舜帝载歌载舞，随着优美的音乐舞蹈，山崖翁然，山鸣谷应，声振林木，凤凰闻乐展翅，嘤嘤和鸣。山间胜境，人间盛会，亘古传诵。日久，人们便把舜帝欣赏过的音乐称为韶乐，把他在此听赏韶乐的山岭叫韶山。

1925 年 2 月，毛泽东偕夫人杨开慧回韶山组织领导农民运动，先后在毛氏宗祠、李氏宗祠、庞氏宗祠等地创办了 20 余所农民夜校，并在韶山冲建立中国农村最早的党支部之一——中共韶山特别支部。这位未来的开国领袖，在虞舜曾经驻足赏乐的圣地立下一个宏愿，点燃起第一把熊熊烈火。1910 年秋天的一个早晨，17 岁的毛泽东穿着长衫，手拿雨伞，肩背行囊，毅然离开了韶山。当时，他留下的话是"革命不成功，我毛润之决不回韶山"。为了这句掷地有声的誓言，为了心中那个美好的梦想，这位天才领袖在六位亲人相继牺牲的情况下噙住泪水，勇往直前。

直到 1959 年 6 月，即新中国成立 10 个年头之后，身为党和国家领导人的毛泽东才趁着到湖南长沙考察农村实际情况时顺道回故乡韶山为父亲扫墓。包括妻子杨开慧在内，几乎每位亲人的离开，他都不怎么知情，更没有在身边。阔别 32 年后，被母亲亲昵地称呼为"十三伢子"、自称"二十八画生"，曾改名为"李德胜"的毛润之，也就是中国人民的领袖毛泽东用自己的津贴宴请韶山的父老乡亲。感谢他们对其家人的照顾，感激乡亲对革命的支持，希望乡亲和全国人民一样过上幸福的生活。

若干年后，以毛家饭店创始人汤瑞仁为代表的韶山人早已实现了领袖的期望。有趣的是其儿子毛命军没有专心接替其年迈的母亲做韶山特产、毛家饭店等知名产业，而是选择自己钟情的韶乐进行研究和推广。虽几度遭遇挫折，却痴心不改。

三

韶山是有个性的。山不高，水不深，人的志向独特。穷乡僻壤，一个小小的山村，竟然孕育出一位世纪伟人。自从踏上这块神奇的土地，尤其是住进韶源村这家名叫"安平山庄"的旅馆之后，我一直这么琢磨。

正如导游所说：韶山虽然闻名中外，声名远播，可置身其中你就会感觉，这里其实没有我们想象的那么繁华和热闹。夜幕降临，车行其中，远远地也就只有几排路灯，几块还算醒目的广告牌，几条看上去也就三四层楼房组成的街道。借着灯光，隐隐约约可以看到"毛泽东故居""毛泽东广场""韶山情景剧演出地"等标识牌。街道除了来往的车辆，感觉人也不是很多。导游说，韶山虽然是县级市，这些年几乎没有大的变化，主要是担心大规模的开发使生态遭到破损。为了尽可能地保持它的原貌，境内没有高耸入云的宏伟建筑。

韶源村位于韶山冲的东北，离毛泽东广场大约2千米。"安平山庄"的主人名叫毛梦华。年逾花甲，与亲友合伙开了这家山庄。山庄共三楼，住宿兼餐饮。平时都由两位50多岁的女主人

打理，其中包括其妻子龙朝阳。这天晚上，龙朝阳家的山庄一下来了上百位游客，两位女主人忙忙碌碌。山庄建在一个山坳里，门前有一个大院子，可以停靠多辆大型客车。大厅的左侧悬挂着放大了的十几幅精心装裱过的毛主席照片，梁柱上贴着一副耳熟能详的对联："吃水不忘挖井人，时刻想念毛主席！"

进村的时候，还隐约看见一轮明月低垂在山头，不一会儿便不见了。在我住着的二楼，推开窗户只见外面一片幽暗，唯有来自山间、田野的丝丝凉风夹杂着寒意飘进屋内。或许是没有街灯的映衬，没有星空的参照，眼前一片寂静。这样的寂静，这样的夜幕，我们曾经经历过，感受过。没想到，在毛主席的故乡，在离韶山近在咫尺的韶源村还能享受到这么宁静的夜晚。就像毛泽东 1959 年 6 月入住韶山招待所一样，没有电扇，甚至因机械故障突然停电，让喜欢熬夜苦读的毛泽东无奈地放下书卷，安稳地睡了一个好觉。而此刻，我却一时不能入睡。在韶山，我的心情是激动的，心绪是辽远的。这一晚，在这个独特的乡村，在这个宁静的夜，我想静听窗外的风声，林间的鸟啼以及墙角传来的隐隐的虫鸣。

125 年前，就在韶山这块神奇土地上奇迹般地出现一位令中国人民和世界人民崇敬的领袖。在这个小山村里，还算殷实人家的 4 个儿女一同投身革命，一家 7 口为了人民的解放事业英勇献身。毛泽东领导秋收起义，去安源、上井冈山，长征到达延安、进驻西北坡，率领中国工农红军和人民解放军转战南北，最终站在天安门城楼上以他特有的雄浑、深沉的语气，舒缓且有节奏的韵律向全世界庄严宣告：中华人民共和国今天在这里成立了！几十年艰苦卓绝的革命生涯以及全心全意为了人民的宗旨赢得了人民发自内心的崇敬和缅怀。

领袖离我们远去，他的音容笑貌却依旧存留在人民的心中。这些年，来韶山旅游的人络绎不绝，尤其是一些上了年岁的老人，对领袖的情怀浓得像一团酥油茶怎么也化不开，热得像一团火，余温久久不散。

领袖脚踏布鞋，身穿长衫，肩背行囊，手拿雨伞离开韶山的时候，还是一介书生。几十年后，他却成为全中国人民爱戴的领袖。就因为毛泽东一家为了革命付出了生命、鲜血，才让原本普通的小山村成为人人向往的圣地。在这个小山村，在这家普通的农家旅馆里，我的思绪翻飞，感慨万端。

毛主席曾经说过：人民才是我们的活菩萨。在天安门城楼上，他大手一挥，情不自禁地喊出"人民万岁！"那一刻，令世界震撼，让无数中国人流下热泪。

感谢韶山孕育出这么一位心中装着人民，时刻想着人民，一切为了人民的领袖。

在韶山，我一夜无眠，浮想联翩……

八十载期盼　三千里寻亲

——甘肃天水市甘谷县
王树亚烈士后人抚州寻亲记

一

朝阳从村东头的山岭上渐渐地升起来的时候，流经新兴镇大王村的通渭河水依旧静静地流淌。这时，村口陇海铁路线上穿径而过的一列火车鸣笛一声之后呼啸而过。源自山西太原，紧邻甘谷县城、有着约1530人的大王村在鸟鸣声中又开始了新的一天。

2019年3月28日，对于家住大王村、年逾七旬的王兴新来说，是一个特殊的日子，也是一个难忘的日子。这天一大早，他便起床，穿上一件时兴的衣衫，提着头天就准备好的行囊，独自一人来到甘谷县长途汽车站。大约一个小时后，便与之前相约好的妹妹王蕊琴，侄女王升琦等三人在天水车站登上了南下江西抚州的列车。

　　天水位于甘肃省省会兰州的东南，东与陕西的宝鸡相望，南与四川广安相邻。因紧邻秦岭之南，土地肥沃，空气湿润，被誉为甘肃的"小江南"。"天之水"不仅养育了陇南儿女，也盛产花牛苹果和甘谷辣椒等地方特产。天水的人文历史非常深厚，这里是中国文化名城，有着2600多年的历史。这里是人类始祖伏羲和其妹女娲，轩辕，秦王嬴政及西汉名将霍去病的故里。正是这位民族英雄影响了一代代陇南儿女。1933年2月28日，在中央苏区第四次反"围剿"的主战场之一——江西省抚州市宜黄县境内黄陂战役中壮烈牺牲的原红五军团第39师师长王树亚就出生在天水所辖的甘谷县城南郊的大王村。王树亚烈士原为国民党部队副营长，1931年12月随董振堂在江西宁都起义，成为中共党员，红军师长。由于种种原因，其事迹一直没有得到传扬。直到1991年《甘肃日报》刊登了烈士王树亚的事迹后，其后人才陆续知晓这一情况。1995年"八一"前夕，王树亚被甘肃省人民政府追认为革命烈士后，其长孙王兴新等人才享受烈士家属待遇。但是，王树亚当年究竟在哪里牺牲，又是怎么牺牲的？他们一家都不知道。

　　2019年3月12日，王兴新家一位在县城工作的亲友通过网络得知，江西抚州市民政局、市退役军人事务局在《今日头条》开设的寻找烈士后人公益平台里正在全国范围内征询王树亚烈士后人的信息。这位亲友及时将这一消息告知了王兴新、王蕊琴兄

妹。兄妹俩根据公益广告上提供的联系方式，很快便与抚州市退役军人事务局取得了联系，市退役军人事务局盛邀其到江西抚州参加烈士陵园祭拜并组织他们到烈士牺牲现场参访。当晚，王兴新、王蕊琴兄妹激动得彻夜未眠。88 个年头，他们一家五代人都在为寻找亲人王树亚奔走、期盼、渴望、等待……

列车在黄河和长江两岸的大地上疾驰，王兴新及妹妹、侄女三人的心却一刻也安定不下来。从遥远的甘肃来到绿色的江南，心中不免充满欣喜和新奇。当然，那一刻，他们的心愿是立即到达目的地，在最短的时间内，寻找到先辈的足迹……

显然，这对于远隔三千里的他们来说，可是几十年的梦想，也是几十年的期待。王兴新已经是年过七旬的老人，王蕊琴也快要退休了。能尽快找到王树亚的下落，是曾祖父王兴武、父亲王安一生未了的心愿，更是烈士孙辈王兴新、王蕊琴最想做、最应做的一件大事。年复一年，这一天很快就要实现了，他们的心情怎么能不激动？

王树亚的孙女王蕊琴事后对笔者说，20 多个小时仿佛是那么漫长，又是那么短暂。坐在车上真巴不得长出一对翅膀像大雁一样一口气飞到江西抚州，飞到 80 多年前祖父为之献身的地方一看究竟。

二

王树亚烈士究竟是怎样一个人，又是什么时候在赣东这块红色的土地上牺牲的呢？4 月 1 日，在由抚州市退役军人事务局组织的烈士家属座谈会上，王树亚烈士的孙女王蕊琴深情地讲述了她爷爷王树亚烈士的曲折而悲壮的故事。

王树亚最早在民族英雄吉鸿昌手下当兵，后来又进入冯玉祥的西北军，蒋介石叛变革命后，西北军被派到江西苏区"剿匪"。其间他还寄过照片、写过信，"宁都起义"后彼此就没有联系了。现在想起来了，他应该是害怕国民党反动派的报复和陷害。事实也是如此，有一段时间，国民党地方政府的官吏、走卒经常到他家中盘问骚扰，正因为如此，王树亚的原配彭氏在生下儿子王安之后不久就悄悄地改嫁他乡。临别时，彭氏曾对王树亚的父亲说："我不想连累孩子，希望你们能把他养大，毕竟他是王树亚的根苗。至于我将去哪里，你们也不要寻找！"就这样在一个月黑风高的夜晚，这位与王树亚感情深厚，并为之骄傲的彭氏从此下落不明，至今没有音信。

后来，王树亚的儿子王安便由其父及其胞弟王树林，弟媳魏氏三人抚养。因弟媳无子，弟媳魏氏便将其子王安视为己出。在那个特殊的年代，在极其艰苦的日子里她为王安奉献出了最伟大

的母爱。魏氏曾领着烈士的遗孤沿街乞讨。当年，曾祖父王兴武在甘谷、天水一带曾是名门大户，如今其家人落得这般光景，都为之心酸。

都说命苦不是真苦，心苦才是真苦。曾祖父人到中年痛失儿子，孙儿从小没有了亲生父母，怎不叫他心酸。王树亚从小就非常懂事，父亲一直希望他能出人头地。在他的提议下，王树亚顺利入伍，后参加北伐，转战南北，进入江西后却突然失去音信，直到他撒手人寰都不曾有任何消息。父亲王安接着祖父的遗愿继续寻找，依旧石沉大海。更为蹊跷和冤屈的是，因为爷爷曾经是国民党军队的官员，高中毕业担任乡村教师的父亲也受到不公平的对待，每次运动他都受到冲击。父亲学历高、口碑好，就因为其父亲的历史背景晋级受限制，评选受影响，提拔没希望。包括他们兄妹在内，年轻时参军、招工都受到影响。有一次，父亲王安批斗时被人从台阶上踢下来，额头、脸颊、膝盖都流了血。他可是烈士的遗孤，革命的后人，怎么遭受到这般待遇？

蒙冤30多年后，1991年，《甘肃日报》突然刊登了一篇文章，从党史、英雄史角度叙述了王树亚烈士的事迹，热心人士将这事辗转告知了王兴新兄妹。当他们到有关部门联系此事时，又因为爷爷曾化名王化民以及没有更多的证据作为旁证而继续耽搁了4年多。在王兴新、妹夫及亲朋好友的共同努力下，1995年"八一"前夕，王树亚最终被甘肃省人民政府、省民政厅追认为"革命烈士"，并在甘谷烈士陵园设立了他的墓碑。

那一刻，一家人悲喜交集，热泪盈眶。可是，曾祖父王兴武、父亲王安的临终叮嘱晚辈还是没有实现啊！就在这时，奇迹出现了。2019年3月17日，一亲友突然在《今日头条》"寻找烈士亲友公益广告"中得知江西抚州市退役军人事务局刊登的寻找甘肃甘谷籍烈士后人的启事并及时告知了王兴新兄妹。这一消息恍如天降喜讯，让他们一家如同久旱逢细雨，王兴新更是兴奋不已。经联系，他们确定了前往抚州的行程。

三

根据长篇小说《桐柏英雄》改编的电影《小花》曾经在全国轰动一时，里面的插曲《妹妹找哥泪花流》更是感动过无数的观众。其实，其中的故事远不及他们一家寻找王树亚烈士的过程来得曲折感人。

其实，早在王树亚烈士牺牲后的第二年、第三年，就先后有程子华、吴焕先率领的红二十五军，林彪率领的红军陕甘支队，王树声、詹才芳率领的红四方面军三十一军，总司令朱德、总政委张国焘率领的红四方面军，陈伯钧、王震的红二方面军右纵队即红六军经过天水甘谷境内。如果我们的红军师长王树亚没有牺牲，也可能路过自己的家乡，甚至秘密地、短暂地与家人相见。可是，正因为音信全无，加上红军都是秘密行动，当时还年轻的曾祖父王兴武、父亲王安却全然不知，以至于曾祖父王兴武大半生都沉湎于对儿子的追忆、祈福和寻觅、追思之中。

1949年8月，以彭德怀为总司令兼总参谋长的解放大西北的第一野战军从西安出发，一路攻克宝鸡、天水，于8月2日深夜攻取甘谷县城，8月3日傍晚，被解放军打败的国民党军队纷纷从王树亚烈士的老家大王村前的古道上往定西、兰州潜逃。见

此情景，年逾花甲，身体虚弱的曾祖父拄着拐杖站在家门口驻足观望，每有官兵经过便拽着他们的手问："你们是26路军吗？你认识王树亚营长吗？"起初人家都摇头，后来索性甩脱他的手，懒得理他，甚至开口骂他，也难怪，他们正忙着逃命呢！后来，紧接着又是彭德怀领导的解放大军。这支队伍又从村前的古道上经过，老人家拖着疲惫的身躯来到村口，向过往的解放军官兵打听王树亚的下落。可是一连三天，都没有得到任何消息。之后，老人还不时地站在村口的柳树下翘首企盼，在村后的通渭河畔远眺。直到夜幕降临，他才一步一蹒跚地回家。一路上，他的眼前似乎都晃动着儿子王树亚的影子，这时，他的一行老泪便情不自禁地流了下来。第二天，几度失望的曾祖父王兴武竟然起不了床了。十几年来，他都在痛苦中煎熬，直到1960年，这位英烈的父亲最终在绝望中离去。

王树亚唯一的儿子王安一生都忘不了爷爷临终前的嘱咐，

他一生都在履行其神圣的使命。因为之前曾有一位与王树亚同在一个部队的老乡带回过消息，说王树亚在江西投奔红军，加入了共产党，可是，究竟有没有牺牲他也不知道。于是，王安也就这么漫无目标地寻找，他寻找的方式是天天看报纸、看新闻。但凡有怀念烈士的文章，有红军在井冈山斗争的故事他都要一字不漏地细读细听。下雨天，尤其是清明节，他都要偷偷地取出父亲的照片，坐在床上一个人久久地看着，看着。回想起爷爷临终的神情，将爷爷的模样与父亲、与自己对比，将婶婶（养母）讲过的父亲的故事一遍遍地转述给儿子王兴新、王连新，女儿王蕊琴他们听。1987 年这位养育了 4 个儿女的父亲临终对他们说，我等待了一辈子，还是没有父亲的下落，希望你们再接再厉，一定要把祖父的最终结局弄个清楚明白。这样，我在九泉之下也可瞑目。

　　王树亚烈士的长孙王兴新一生可谓饱经风霜。艰难的生活，曲折的遭遇在他身上留下的是磨灭不了的印记。不善言辞、性格内向的他内心却无比的强大和广袤。几十年来，他一直在为寻找祖父而奔走。在得知《甘肃日报》的消息后，他怀揣样报上天水，进兰州。在确定祖父其牺牲在江西抚州后，他经常独自一人站在村里的大喇叭下，听着听着，突然下起雨来，雨水淋湿了他的头发和衣衫，他似乎全然不知，地上的积水浸湿了他的鞋帮他也没有觉察，那一刻，他只希望听到与红军有关的消息。后来，他也曾在灯下一次又一次地拿出中国地图，翻开江西那一页，手指着抚州宜黄那个点，瞪大眼睛细看。可是，从未来过南方的这位陇南子弟只有用手指比画着两者之间的距离，却无法抵达他心仪的驿站……

四

4月8日，江西抚州境内仍旧下着蒙蒙的细雨。这天，抚州市退役军人事务局特意安排王兴新、王蕊琴他们到其祖父王树亚的牺牲地——宜黄县黄陂镇凭吊。

宜黄县离抚州市区90多千米，一路上，看着窗外的景色，王兴新他们既兴奋又好奇。连绵的山岭，茂密的森林，在这里建立根据地，闹革命，打敌人真是个好地方。

车行一个多小时，总算停靠在黄陂村。在当地干部和一位参与过当年战斗的民工的带领下，王兴新一行人冒着细雨开始朝当年红军指挥所所在地行进。在黄陂和东陂之间的一座山中，他们沿着一条快要被山林淹没的山道上前行。几十分钟后便来到山腰上的一块平地，这里原有一所私塾，一旁有小道通往当年的指挥所。在一个有障碍物既可掩护又可巡视主战场全境的地方，带路的老人让大家停住了脚步。这位长者说，据资料介绍和我们回忆，1933年2月28日，第四次反"围剿"主战场之一，著名战役黄陂大捷就发生在这里，担任主攻的红五军39师的指挥部就在这里，一位姓王的师长在指挥黄陂大战时就是在这里牺牲的。当时，战斗快要结束了，他手持望远镜，正在向前瞭望，同时下达发起最后进攻的命令。不料，就在这时，一颗罪恶的子弹不偏不倚地打在他的胸前。战士们立即将他抬下山，谁知刚到私塾那片开阔地时就咽气了。战斗结束后，红军战士将他就地安葬在私塾一侧。遗憾的是，由于年代久远，灌木葱茏，一时难以找准确切的位置。

伫立指挥所，王兴新、王蕊琴兄妹激动万分。是对烈士充满尊崇的抚州人民让他们有这个机会亲临烈士牺牲的现场，让这些远隔千山万水的亲人，相隔3000里地来到爷爷为革命洒下鲜血的地方，找到了安息其英魂的故地。

细雨之中，他们似乎又看到中国共产党领导下的中国工农红军在黄陂、东陂之间这一包围战中英勇杀敌的枪炮声、喊杀声，那声音撼天动地、威震敌胆。这是第四次反"围剿"中最辉煌的一战，这场战斗已经载入史册。爷爷能够在这一场战役中冲锋陷阵、英勇牺牲也是死得其所，无比光荣的。这次战役全歼敌52师和59师两个团，活捉了敌师长陈时骥。

细心的王兴新下山途中还在石窟中找到几个类似的灶台，带路的老人说那是当年红军做饭的地方。在安葬王树亚烈士的区域，王兴新兄妹来回绕了几圈，之后，摘下几根松枝郑重地放在地上，朝着它们深深地弯腰鞠躬。临别，一直沉默不语的王兴新还在现场找来一块砖石，掘取一抔细土小心翼翼地用纸袋装着带下山，带回老家甘谷，放在曾祖父的灵位旁。

王兴新说，今年清明节他本来打算一个人再去宜黄。那时，他准

备一个人在黄陂的山中待上几个夜晚，静静地聆听回荡在山谷中的红军战士的喊杀声，亲眼看看冥冥之中可能遇见的爷爷那英勇威猛、英姿飒爽的身影……

可惜，由于突如其来的新冠疫情阻挡了他的步伐。他说，明年清明节，无论如何他也要前往江西抚州，届时，他要带上天水的花牛苹果、甘谷的辣椒和一抔家乡的黄土撒在爷爷的坟前……

那是一份无比沉痛的思念。爷爷王树亚自 1921 年新春出生后，一直在甘谷这块土地上生活，对家乡有着一种深厚的感情，送上这些也了却身在异乡的他一份思念之情。

五

4 月 10 日，王兴新一行三人回到天水甘谷。之后，一连数天他们都沉浸在无比欣慰和甜蜜之中。第二天，王兴新便领着家人一起来到爷爷和曾祖父的坟前，兴奋地将在江西抚州找到烈士踪迹的特大消息告诉了他们，相信他们在天之灵一定会欣慰和开心的。

这之后不久，甘谷县分管退役军人事务的副县长、县退役军人事务局、县武装部的主要领导在新兴镇大王村村干部的陪同下，专程来到王兴新的家中，对王兴新等烈士后人进行了走访慰问。

《甘肃日报》《天水日报》也派出记者多次到大王村采访，并刊发了一组颂扬王树亚烈士的文章。

一时间，烈士王树亚的事迹传遍了整个甘肃。陇原儿女深深地为江西抚州人民尊崇烈士的情怀所感动，为甘肃大地有这么一位传奇人物而自豪。

回天水不久，王蕊琴满含深情地写了一篇追思祖父王树亚的文章，在江西开展的主题征文中荣获抚州赛区一等奖，消息传到天水时，王蕊琴一股暖流涌上心头。

文章里说，抚州黄陂寻亲之旅，让他们深深地感受到了抚州人民的深情厚谊，体会了老区人民对工农红军、对中国革命的巨大支持和奉献，今后将传承先辈的精神，满腔热情讲好先烈故事，在自己平凡的岗位上做出积极的贡献。

三千里寻亲路，八十载思念情。路已通，情未了……

萦绕在香炉山下的思念

——寻找红军骁将张锡龙

五月，村口的慈竹又开始长出新枝；五月，村前的小溪仍汩汩地流淌着山泉；五月，村后的香炉山上树木挺拔，灌木郁葱。在阳光的映衬下，天还是那么蔚蓝，风还是那么清爽……

庆符镇永联村（俗称牛栏湾）一组坐落在一个四面环山的山坳里，这里依着山势稀稀疏疏地住着几十户人家。远远看去，几乎都掩映在灌木之中。雨后，一阵阵乳白色的雾霭在山间弥漫升腾，香炉山上更是云雾缭绕，缥缈之间，山崖突兀，雄峰峻峭。这里是川南佛教圣地之一，山中古寺尚存。除七宝寺之外，这里还有红岩山、白岩山、白马池、七仙湖等风景名胜。可谓一山奇秀、气象万千。山坳中，一条乡间公路穿村而过，就像一条飘带洒落在山间，给永联村平添了一份生机和灵气。

1906 年 12 月 24 日，四川省宜宾市高县瓜芦乡香炉山下，村民张朝用的次子张锡龙就悄悄地降生在这个偏僻的小村。由于长子早夭了，小锡龙的到来让张朝用、胡通祥夫妇格外开心。就是这位从小就勤奋好学、胸怀远大理想的孩子，后来与乡贤和革命志士李硕勋、赵一曼一样毅然离开家乡，投身革命。在参加南昌起义，组织领导宁都暴动之后，于 1933 年 12 月，在江西苏区第五次反"围剿"的主战场——黎川团村战役中，身为红三军团第四师师长的张锡龙（又名张希铭）不幸牺牲，把自己年仅 27 岁的生命献给了保卫红色苏区的战斗中，成为庆符县（今高县）人民的优秀儿女和英雄的丰碑。

2019 年 3 月底，其弟张锡崇（又名张立群）之孙张树培、孙吴华及其妻高多陶的后人吕卓迅、吕燕飞等人历经 74 年之后，最终完成了其先辈未了的夙愿，不仅找到了烈士捐躯的圣地，感受了江西人民对烈士的无比尊崇浓烈的氛围，同时亲手向烈士的陵墓献上了花圈、花环，表达了对亲人的哀思和怀念。

1925 年 5 月的一天清晨，20 岁的张锡龙一大早便悄悄地推开后门，从村后的一条小道上独自而行，当他来到香炉山隘口，

也就是一座寺庙前的台阶上的时候，他的脚步突然变得有些沉重。张锡龙深知，这一别，可能就是三年五载。山下的牛栏湾村虽然贫穷和闭塞，可毕竟是生我养我的地方。村前的池塘，村后的旱地都曾流淌过父辈的汗水，也存留过自己艰辛劳作的足迹。正如他在宜宾叙联中学就读时他的同乡好友赵一曼、郑佑之等人所言，要彻底改变中国的现状只有投身革命，与帝国主义和反动派做坚决的斗争。就因为参加了叙联中学学生会组织的系列革命活动且奋勇当先，学校将其开除。回到家中，面对家中的状况，深感自责，几经思索，他决意要继续外出寻求革命之路。可此刻又一想，自己毕竟是家中的老大，父亲一家原本就靠三亩薄地维持生计，为了让锡龙就读叙联中学，父亲狠心地将它变卖了。父亲一心希望他出人头地，成龙成凤。想不到自己却抛去仕途选择了一条充满危险和坎坷的道路。正因为如此，头天晚上，他与父亲张朝用狠狠地吵了一架。父亲怎么也没想到第二天一早，他便不辞而别。

　　在离开牛栏湾之前，他驻足在隘口的阶梯上，沉思许久。想起父亲的艰辛、母亲的宠爱，张锡龙不免心酸和负疚，可是，为了追求革命道路，实现自己的理想目标，他似乎义无反顾。当正准备起身再看一眼就毅然前行时，眼前突然出现妹妹张锡珍的影子。只见她正气喘吁吁地跑到他身边，并将手里的两个梨子和21枚铜钱交到他的手中。她说，两个梨子是父亲经常咳嗽时没舍得吃完的，21枚铜板是母亲多年的积蓄。父亲母亲见你一大早只身离别，都非常着急，硬要我带上这些东西一路追赶你，幸好你没有走多远。快拿着吧，他们还在村后等我的消息呢！接过铜板，在手里攥着的时候，锡龙的目光落到妹

军烈属高多陶同志之墓

公元一九六九年四月一日

林修公社生命委员会立

妹的身上。那天，妹妹身体原本就非常虚弱，一大早穿着一件
破旧的衣衫一路小跑，许久都缓不过气来。见状，哥哥锡龙从
中拿出 3 枚铜板塞进妹妹手中。他搂着妹妹的肩膀说："这三枚
铜钱你拿去买些针线把衣服缝补缝补，就算哥哥我给你的，一
定得收下。"说完，锡龙扭头就走，在穿过一片丛林，拐过几个
山坡之后朝着南广河码头和再远方的宜宾一路而去。妹妹张锡
珍手握 3 枚铜板站在那儿，眼泪簌簌地流了出来。她定定地站
在那儿一直望着哥哥的背影在山道上消失。没料想，这一刻竟
然成了兄妹俩永远的诀别……

<h1 style="text-align:center">二</h1>

　　这之后的几十年，在牛栏湾通往村外的山道上，在村后香炉
山的隘口，在山中那座寺庙前的高高的台阶上，都经常出现妹妹
张锡珍、父亲张朝用、母亲胡通祥、妻子高多陶的身影。

　　儿子张锡龙不辞而别后，父亲张朝用常常在心里后悔自己
不该不分青红皂白地责备他，更不该不假思索地将两个不吉利
的梨子给他。尽管这是他家门前的梨树上结出的果实，尽管这
是他刻意留下给自己缓解咳喘的物品，可那毕竟不是个好的兆
头。几十年他都为这事后悔负疚。母亲将家中仅有的 21 枚铜板
悉数交给儿子张锡龙后，半年的油盐酱醋钱都泡了汤，更不要
说是寒天新衣年购货。可是，再怎么困难，夫妻俩还是挨过来
了。心疼的是，孩子那年 5 月一别后，整整 8 个年头杳无音信。
8 年可是将近三万天啊！这三万多天他是怎样度过的，谁都不

知道！这期间，他又来过多少次隘口，谁也数不清。每一次，他都要站在隘口朝着远去的小道定定地凝视，而后失望地往回走。

都说，祸不单行。老大锡龙一去不复返，让其父张朝用欲哭无泪。没想到，十几年之后，不幸的事又一次降临到他的身上。原来，其三子张锡崇（参加革命后改名为张立群）受其兄长张锡龙的影响，成年后也大量阅读进步书籍，同样积极投身革命。1939 年 9 月，国民党反动派叛变革命后，张立群积极参加韩天石、廖寒非等人组织的地下党重建工作。其间，他还投身陈野苹和邓介人组织的抗日救亡运动。随陈野苹一道在屏山县从事地下工作，协助抗日勇士开展对敌斗争，后由于叛徒出卖，张立群遭受严刑拷打。一天，还是在这个隘口，村民发现了遍体鳞伤、身体极度虚弱的张立群。父亲张朝用得知消息后，遂将其背回家中。张立群在与妻子熊启修进行了短暂的相聚之后，不久就含冤去世了。

白发人再送黑发人，这让张朝用悲痛欲绝。这些年两个儿子都走上革命道路，一个生死不明，另一个英年早逝，怎么不叫人心酸。可是，就这位普通的农民，培养出两位优秀儿女的父亲一点也不后悔。对他们，尤其是对长子锡龙，有的只是追忆和思念。

临终的时候，张朝用对儿媳熊启修和孙子张如骥、张汝义他们说："张锡龙离开家乡几十年，我们张家人一直在寻找其下落。后来，我们才得知他参加了红军，当了红军的师长。1933 年，为了保卫红色苏区，在江西抚州黎川境内的团村、德胜关一带，参加第五次反"围剿"作战时牺牲。可是，如何牺牲，尸骨又葬在

何处一概不知。对此我死不瞑目，无奈我年事已高，身不由己，为了不留下遗憾，你们一定要想方设法找到其下落，让九泉之下的我安下心来。大家听了默默地点头。

三

其实，除了父母一生都在寻找、盼望儿子张锡龙平安归来，其结果却无果而终之外，还有一个人也在用一生的真情、几十年的岁月在等待。她就是张锡龙的未婚妻高多陶。

高多陶，今高县大富镇龙洞村人。她生于一个较为富裕的家庭，自小受父母宠爱，只是个头有些矮小，自小落下哮喘的毛病，上坡下地干重活时常常有些吃力。也不知是什么缘故，高多陶与张锡龙订了亲，两家举行了隆重的定亲仪式。没想到，满怀救国救民之心，总希望改变这个不合理世界的张锡龙却没有把自己的婚事放在心上。离开家乡之前，张锡龙因事路过高家，他特意进门偷看了一眼已与自己订了婚的高多陶。就一眼，他也没有从她身上发现什么不顺眼的地方。想当年，富家女子谁不长得娇小玲珑，谁不是秀外慧中。穿着齐整的小脚女人，双眼顾盼甚是动人。可是，既然投身革命，加入了党组织，就应该抛弃个人的私心杂念，更不能因为参加革命背井离乡，出生入死而连累他人。再说，来日方长，等革命成功，或是机会来了，再与之晚婚也不迟。抱定这一信念，在张、高两家约定婚事之前，张锡龙便偷偷地离开了家。这也是父亲张朝用当时极力挽留和责怪他的原因之一。

　　张锡龙离开牛栏湾的8年，她独守空房8年，也等待了8年。得知张锡龙牺牲后，她和她的公公婆婆一样，仍在盼望着他的归来。

　　在那个特殊的年代，在极为艰苦的日子里，曾经是小家碧玉的高多陶放下身段，与老实巴交的公婆一起下地干活。牛栏湾的春冬两季，空气潮湿，更加加重了她的哮喘病的发作。山谷里的稻田深浅不一，且多有陷坑，一个身材娇小、自小缠过脚的小脚女人在泥水里常常站也站不稳。可是，她从不叫苦叫累，总是默默地分担双亲的重任。在家中，她什么活都干，为的是减轻公婆的负担。有时，公婆坐在门前的梨树下想念儿子，她便极力安慰。她经常对公婆说："好男儿志在四方。从军打仗，报效国家是一件光荣的事。花木兰从军十余载才凯旋，苏武大半辈子离

家，最终也顺利凯旋。再等等，锡龙就会回来的。"

张锡龙生日或是重要节日，或是公婆不在家，她便挂着拐杖到村后香炉山上的那座寺庙前寻找。有时，也陪伴双亲在寺庙里插上三炷香，冀望关公爷暗中保护张锡龙，催促他早日回家与家人团圆。回家安顿好了公婆之后，高多陶回到自己的房间便关起门来，独自哭泣。那份思念只有她自己才能体会。在那漫长的日子里，高多陶就是凭着这么一种信念，在努力支撑着。之前，她常说，能嫁给红军张锡龙是她的福分。这是一份最原始、最朴实的情感，也是最真诚、最纯粹的情感。高多陶虽然说不出什么华丽的言辞，也没有英雄般的豪言壮语，但有的是信念、是意志、是不罢不休地等待与期盼。

为了那份等待与期盼，她也和公婆一样常常独自一人往村后的山路上走。春天，山道上常常夹杂着雨水，台阶上长满青苔，一位年逾花甲，腿脚不便的老人，喘着粗气一步一步地往山间爬，每一步都是那么的艰难。好不容易来到寺庙前，她来不及坐下缓口气，便立足向前方远眺。在她的眼里，哪怕有一个与张锡龙有关的口信，也是一份愉悦；哪怕有张锡龙的一个影子，也是一份安慰。

在路人眼里，她就是一尊"雕像"，常常为了男人立在风中；在她的眼里，这寺庙前的高坡便是传说中的望夫石，在这儿，她的期盼、等待是有意义的，是值得的，也是快乐的、幸福的。

就是这么一位孱弱的、传统的小脚女人，在张家既当儿媳伺候公婆，又当长辈照顾幼小的叔侄，包括锡龙弟弟留下的多个孩子。由于恪守妇道，待人厚道，高多陶深受张家人及村民的敬仰。可是，直到临终，她也没有等到丈夫张锡龙的归来。

1969 年 4 月，烈士张锡龙的妻子离开了人世。她的墓碑上用红漆写着"红军烈属高多陶同志之墓"11 个极有分量的大字。这是党和政府对这位热爱革命志士，为革命家庭奉献全部情感的女子的褒奖。一个富家女子，在大革命时期，与张家一道曾遭受国民党反动派的种种迫害和打击。在那个特殊年代，是她对张锡龙的爱，对革命家庭的爱激励着她度过了一个又一个艰难的日子。"同志"二字让高多陶顿时变得高大和美丽，也让知晓她经历和故事的人情不自禁地感动和流泪。与叔侄及晚辈离别的时候，她哽咽着说："我这辈子没有在有生之年见到我的丈夫，希望侄孙今后要想方设法完成我和公婆的遗愿，找到锡龙牺牲的地方，在烈士的陵墓前代为祭拜。"侄孙张如骥、张如正他们默默地点头。

这位曾经被选为人大代表、一生饱经风霜的老人，在丈夫被追认为烈士家属，享受了两个月的烈士抚恤金之后便带着终生的遗憾与世长辞了……

四

由于种种原因，早在 1933 年 12 月 12 日就牺牲了的烈士张锡龙直到 1949 年家乡解放，张家一家人都不知道。

张锡龙离开家乡投身革命，甚至在壮烈牺牲后，一家人仍在默默地寻找：妹妹张锡珍出嫁前，曾将哥哥张锡龙留给她的 3 枚铜板亲手交给了弟弟张锡崇，叮嘱他一定要找到哥哥的下落；弟弟锡崇隐姓埋名参加党的地下工作，没有机会寻找哥哥的踪迹，最后自己惨遭迫害，临终他又掏出 3 枚铜板交到其子如骥他们手中，希望他们能接过接力棒，完成先辈的夙愿。可是由于山高路远，信息不全，加上忙于生计，此事汝正、汝义他们也一直未如愿。

2016 年，时年 85 岁的张锡龙侄孙张汝义去世前，又一次叮嘱晚辈，一定要寻找到先辈锡龙的下落。由于晚辈们都各有自己的事业，且两地相距几千公里，相隔三到四个省，此事再次被耽搁。

张汝义说，他心里一直有个心愿，就是亲自到江西黎川团村去看看。每到他二大爷张锡龙生日那天，或是节假日大家相聚时，他都要讲述先辈张锡龙的故事，表达他对先辈的思念，动情

之处，让人落泪。晚辈虽从未见过张锡龙，因同出一脉，怀念、崇敬之情从未隔断。他们同样有一个愿望，那就是一定要去江西烈士的墓前祭扫参拜。直到 2019 年 4 月，在抚州烈士陵园管理处和抚州市退役军人事务局的协助下才让曾侄孙张树培等人了却了心愿。值得欣慰的是，如今烈士的家乡已经发生了翻天覆地的变化。一座崭新的高县县城出现在人们的眼前。宜宾通往高县的高速公路恰巧从香炉山下穿过。目前，高县人民正满怀信心申报高县改为高兴市这一项目。相信烈士在天之灵得知这一消息一定会开怀大笑。

2019 年 4 月 3 日，烈士后人张树培一行 9 人在参观了抚州黎川团村战役现场之后，冒着细雨在抚州烈士陵园为先辈张锡龙陵墓敬献了花圈、花篮。就此，80 多年的寻亲梦这才画上了一个圆

满的句号。作为张锡龙、张立群的后人，他们同样有一个心愿那就是，继承先辈的遗志，积极宣传好烈士的故事，用先烈的精神教育后辈，为建设家乡做出应有的贡献。

青山依旧，精神长存！高高的香炉山将永远传诵着红军骁将张锡龙的英勇事迹。

第二章

锦 绣 河 山

三清山的胸怀

一

　　即便是同一座山，由于季节、天气、心情的不同，景色给人的感受也不一样。就像世界上没有完全相同的两片树叶一样，天下也没有两座完全一样的山，尽管都是奇峰、怪石、岩松，尽管都有飞瀑流泉，高山杜鹃，江西省内的庐山、井冈山、三清山，还是各有千秋的。三清山我去过六七次，这一次算是看清了它的

真面目。

由于久雨初晴，天高云淡，眼前的栈道、怪石、峭壁，身边的岩松、动物、山泉，远处的山峦、沟壑、小村，头顶的云彩、蓝天、峰顶几乎一览无余。三清山，处处都是峰峦、奇石，处处都可以看到由奇峰、奇石形成的景观。由于能见度高，气温适宜，加上与游伴情趣相投，结合导游的零星讲解，游客的惊人发现，以及多次光顾的经验，这回几乎是一览无余了。不仅如此，这一次还有了不少新的发现。这些映入眼帘的风光和景致同样惟妙惟肖，妙趣横生，让人充满遐思和联想。

按理说，我们这一次是冲着三清山的高山杜鹃去的。朝鲜的金达莱，也就是杜鹃花非常出名，它的出名是因为一部名叫《卖花姑娘》的电影，这部电影描写一位卖花的女子苦苦寻找投身革命的亲人的故事曾经感动了几代人。至今，上了年纪的人还能不经意地哼出影片中那婉转动人，扣人心弦的旋律。江西是红土地的故乡，也是红杜鹃的世界。春天来了，赣鄱大地红杜鹃漫山遍野，都说那血红的杜鹃是烈士的鲜血染成，是革命者的向往和追求。然而，在井冈山、三清山的山谷却生存着许多树龄千年的高山杜鹃。高山杜鹃开花晚，花期长，花盘大，颜色多样，集中连片，红的像一团火焰，白的似一片云彩，黄的如一片沙滩，紫的像一片晚霞。可是，除了照片，在这两座山中光顾了多次可就是没有见到过它们的真容。

为了掌握确切花开的信息，通过与三清山开农家乐的文友的沟通，我们于5月中旬，挑了一个雨霁的日子又去了一趟三清山，谁知，还不是它的盛花期。不过，总算一睹其华彩。景区工作人员说，真要全部开放得等到6月初，就这样，还是有些遗憾。

二

　　都说高处不胜寒，海拔 1800 多米的三清山似乎总是雨多晴少。5 月正是江南多雨时节，雨后的三清山几乎都笼罩在大雾和山霭之中。没想到，这天它却毫无保留地褪去了它的神秘面纱，露出了它灿烂的笑容。游走在山中，无论哪个方位，都能看到很远的地方。起伏的山峦，如黛的山色尽收眼底。蓝天下，远山的轮廓成为一条条起伏的细线，颜色由深变浅，由浅变淡，朦朦胧胧，虚虚幻幻。掩映其中的村子只见一些房子，看不清人的踪影。映入眼帘的是一幅精美的水彩画，充满生机和灵气。

　　雨过初晴，山过微风。栈道在不断地延伸。身边的、眼前的、石岩上的、深谷中的苍松总是那么引人注目，那么让人肃然起敬，

那么让人震撼心灵。黄山迎客松闻名天下，可它毕竟有些苍老和疲惫。而三清山的苍松满山遍野，随遇而安，不仅盘根错节，迎风傲霜，而且造型优美，各具特色。成片的像滔滔的波浪，成行的像威武的士兵，成对的像温情的伴侣，即便扎根石缝也要顽强地伸出臂膀，即便独立岩顶也是顶天立地，即便枯死岩壁也要昂首挺胸，以昭示其气节，表达其爱心。

三清山的青松是那么有个性、有气节、有灵魂、看过三清松的人无不为之惊叹和折服。

看过了西海栈道的山峦、深谷和苍松，不经意地转入东海岸的旅途，顿觉山高人为峰。这里是松鼠、画眉、山鸡的世界，也是高山杜鹃的天堂。在灌木丛中，在栈道之上，经常可以看到这些小精灵的身影。它们是那么的大胆和勇敢，大庭广众之下，它们不慌不忙地来到游客面前，甚至站在小朋友的掌心，用它们自己才听得懂的语言与小朋友交流，用它们轻巧的动作与游客

亲近。

十里杜鹃是东海栈道的精华所在。在这里也能看到一些盛开的杜鹃，它们是那么的热烈和惊艳。但大多数还是含苞待放，心中不免生出一些遗憾。我觉得即便不到盛花期，光看那密集的、像子弹一样坚硬的花蕾，光看那粗壮的、铁骨铮铮的、旁斜逸出的枝干都能给人以力量。在山脚，在南坡，我们已经看过盛开的杜鹃，红色的、白色的、黄色的、紫色的都看过，花瓣远比普通的红杜鹃厚实，枝干远比普通的红杜鹃粗壮高大。置身千年杜鹃林，无不感慨岁月的短暂，淡然的美好，期待的分量……

三

　　巨蟒出山和神女出浴无疑是三清山的精华所在，也是三清
山出游必须光顾的主要景点。聪明的三清山人，为了全方位展示
三清山的神韵和气势，在多条栈道上都可以领略它们的风采。在
东海栈道俯视巨蟒出山，它就像一条被驯服的用来表演的大蛇，
颔首低眉，默不作声；到南清园一线天附近观看，则如蟒蛇出

洞，有棱有角，跃跃欲试。翻过山脊，随深谷下行，来到跟前，其硕大的身影则高耸云天。蓝天白云之下，巨蟒昂首挺胸，气宇轩昂，仿佛要征服世界，翱翔蓝天。这是怎样的气势和胸怀，又是怎样的胆略和勇气？那一刻，是那样地让人震撼，从心灵到思想，从感官到灵魂。那一刻，一条巨蟒刚刚由冬眠蛰伏到苏醒振作，带着精气神，向着心中梦想的目标，迈开坚实的脚步。苍穹之下，要走向云端还是天涯，谁也不知道。

紧挨着的是与之相伴的东方女神，也叫神女出浴。有人说，那一刻恰似神女出浴，水灵而端庄。看过之后都说巨蟒守护下的东方女神的确惟妙惟肖，楚楚动人。

一位穿着短衫，剪着短发，别着发夹，额前飘着刘海的女子，端坐在山崖上，深情的目光眺望着远方。那里也许有她需要关爱的丈夫和孩子，那里也许有她需要牵挂和思念的亲人。她的目光充满真情，姿态是那么优美，气韵是那么雅致，胸怀是那么博大。这就是母爱，这就是温馨。她置身于山花和苍松之中，掩映在巨石和林海之间，挺身在蔚蓝的天宇之际。像守护她的巨蟒一样日复一日、年复一年为大山守候，为亲人祈福，为自然添美。从不厌倦、从不埋怨，也从不离开。

然而就是这么一位貌似天仙的神女却常常被云雾遮住了她神秘的真容。之前，曾去过几次，她都羞羞答答地藏在浓密的雾霭之中，虚无缥缈之间未能全睹她的风采。这一回，让我们有了近距离的接触，洞察了其内心的隐语。一位伟大的女性就这样把爱、把美丽连同心中怀揣的梦想都献给了大自然。

这就是她的胸怀，也是三清山给人的情怀。

在"母亲河"的身边……

一

　　都说黄河是中华民族的"母亲河"，是华夏文明的摇篮。"黄河之水天上来，奔流到海不复回？"千古佳句道出了它的宏伟气势和不屈灵魂。黄河，在人们心中是那么的亲切和深情，是那么的庄重和神圣。

家住江南，看过电影、电视中出现过的黄河，特别是黄河壶口瀑布那激荡人心的画面之后，我对黄河的敬仰和向往更加浓烈，走近黄河、亲近黄河便成为埋藏在心底的夙愿。之前，曾在列车上跨过黄河，却没有走近它的身边，不曾身临其境。这次，到甘肃天水市甘谷县采访烈士后人，有幸在古城兰州的白塔山下、中山大桥一带与心仪已久的黄河有了一次亲密的接触。

儿时，常听老人说，黄河的水一半是泥沙，一半是浊水。黄河流域，气候干燥，多风少雨，土地相对贫瘠。山洪暴发时，光秃秃、硬邦邦的山坡上藏不住雨水，山洪便顺着沟壑径直往下流。久而久之，山岭之间便形成了一条条沟壑，远远看去，山岭就像一位饱经风霜的老人，额上爬满皱纹，下颌飘散着胡须。不过，那份千古不变的古铜色，那份棱角分明、峥嵘尽露的气势和雄浑总给人以震撼。

在我的想象中，游走在其间的黄河非常宽泛，甚至一眼望不到对岸。黄河水更是汹涌澎湃，就像千百匹烈马向着东方肆意奔腾。就因为疾驰的黄河水一时停不下脚步，致使其流域、森林和灌木无法茂盛，庄稼、果园得不到自然灌溉，部分村民用水奇缺。

真到了甘肃兰州附近的黄河边上才发现，黄河并没有我想象的那么宽阔，水流也没有那么汹涌，特别是水质更没有我想象的那么混浊。时值农历八月中旬，恰好之前下了一场大雨，河水虽然泛黄，色泽却不是那么深。当地市民说，下这场雨之前，河水比现在还要清澈。我疑惑不解。他们说，这是因为黄河上游先后兴建了龙羊峡、刘家峡、小浪底等蓄水工程，加上这几年甘肃境内对黄河进行了声势浩大、有的放矢的整治，才让今日的黄河水

逐渐褪去了黄色，减少了随之远行的沙砾。

二

  在兰州逗留了不到一天，我们走马观花似的逛了位于黄河边上的南关美食街，有幸品尝到了中央电视台《舌尖上的中国》栏目组拍摄、推介过的兰州美食——牛奶鸡蛋醪糟，目睹了制作者回族大爷大胡子老马的风采及美食的制作过程。参观了黄河上久负盛名的中山桥和黄河母亲雕塑，领略了黄河北岸白塔山的风光，欣赏了山下仿古街的宏伟建筑。不过，最有意义的是，走下黄河大堤，来到黄河河道，与黄河水来了一次亲密的接触。

　　在黄河边上驻足细看，黄河水几乎是蠕动的，翻滚的波浪并不急速，略显淡黄的河水自西向东在白塔山下蜿蜒。一路袭来，只在拐弯处略见隆起的波涛。河上几乎没有什么船只，只有几只快艇来回疾驰。意外的是，我们还看到当地旅游部门或是附近村民放置在河滩上的皮筏子。这些用鼓满气的猪皮串缀起来的皮筏子是从前家住黄河两岸过往黄河的常用工具。我们惊叹其加工工艺的同时，更钦佩他们在汹涌的黄河上操纵自如的胆识。如今，它被作为游客用来体验的道具。若不是时间仓促，真想搭乘一下猪皮筏子，让那位头扎白色毛巾，腰系灰色汗衫，嘴上叼着旱烟的船工操纵着它在黄河上绕上一圈，以亲身体会一下黄河的桀骜狂放和皮筏子的自如与轻巧。

　　都说不到黄河心不死。我不知道这句话出自谁人之口，又究竟隐喻着多少深奥的哲理。一个人有理想，有信念，并希望为此

奋斗且矢志不渝，即使碰到困难也不退缩，不达目的决不罢休。这是可取的。但是，如果动机不纯，心术不正，在危险的道路上不听劝告则越陷越深，最终陷入绝境，成为笑柄。还有的人好高骛远，订立了不切实际的目标，几经努力，仍然没有实现，就应该理智地放弃。这些例子中"黄河"似乎成了成功与否的界点。也就是说，到了黄河边，即使没有最终实现理想和目标也没有遗憾了。其实，一个人有理想并为之奋斗为之追求是好事，但是有许多的理想和奢望是哪怕再努力都无法实现的。学会放弃，其乐无穷。尤其是上了年岁的人，要知足常乐，及时放弃一些不切实际的想法，包括贪婪之心。这么说，到了黄河也就释然了，见了黄河，也该死心了。

三

在黄河边上溜达的时候，耳畔突然传来这么一句话："都说跳到黄河也洗不清。今天看来，这句话要改一改了。"原来这位同样来自南方的游客也发现黄河水变得清澈了。千百年来，黄河的水都是浑黄的，用它洗衣服，即便再努力也不能洗出洁白的底色，由此引申为有的冤屈，纵使遇到刚正不阿的判官也厘不清头绪，断不了官司，只得蒙受不白之冤。现如今，黄河水变清了，蒙受冤屈的可能也就没有了。这位游客说的虽然是一句玩笑话，却说明，事物是有可能变化的，人的思维也必须随之改变。同样的道理，只要努力，只要细心洞察，公正裁判，再复杂的案子，再深沉的冤屈总能水落石出。就如同千百年来一直这么流淌着的

黄色河水在今天终于变得越来越纯净一样。

　　鉴于这个巨大的，也是意料之外的发现，在黄河岸边，我突然萌生出了一个想法，那就是用矿泉水瓶子装一瓶黄河水带回老家江西，将它放在案头，一来为此次西北之行留下些许的存念；二来让不曾亲临黄河的家人和朋友分享"母亲河"黄河水的新容。于是，我特地带了一个空瓶，蹲在河边灌了一瓶恰巧流过我身边的黄河水，并让随行的同伴拍照存档。如今，这瓶远隔1500多公里的黄河水，跨越崇山峻岭，甚至在万米高空腾云驾雾，最终驻足在我的案头。

　　其实，这瓶水和它的同伴在河里流淌的时候还是有些浑黄的，装进瓶子后，似乎看不出什么颜色。几天后，我突然发现瓶子里有些许的沉积物，仔细一看才发现那是一些细微的沙粒。这与传说中的一半是水，一半是沙显然相去甚远。

四

从兰州回来好几天，思绪仍旧停留在黄河边上。在查找了一些资料之后，才发现兰州不仅历史悠久，而且人文底蕴极为丰厚。就在兰州城南的沈家岭，在白塔山下的铁桥上，就留下了第一野战军和野战军总司令兼总政委彭德怀等官兵血战兰州、血战马家军的可歌可泣的故事。兰州是通往大西北的重要关口，在打开这个缺口的拼杀中，人民解放军付出了伤亡8000多人的代价，在窦家山、古城岭、营盘岭、沈家岭之间他们浴血奋战、甘洒热血，最终赢得了兰州的解放，同时为解放大西北扫清了障碍。这么说，兰州也和南昌一样是一座英雄的城市。走过中山桥，远眺过兰州城南天然屏障沈家山之后，我想，带回一瓶黄河水应该是最好的纪念。

雾里寻"龟"

　　龟峰地处江西弋阳，那里是无产阶级革命家汪东兴、方志敏的故里。龟峰以山形、石貌多酷似龟类而著称。其景区因"龟类"云集，被游客誉为"龟的天堂"。

　　十几年前，我就慕名游过龟峰。那时就连导游都直言这儿是一个类似盆景的景点，虽有特色，但精致集中，游览路线有限。有游客不无夸张地说，进景区时点上一支烟，游完出来，烟还没有完全熄灭。记得当时游龟峰花了一个多小时，真的有游兴未尽之嫌。

　　这一回，我跟文友再次重游龟峰时没想到竟然花了四个多小时，幸亏带了一些吃的，否则要饿个半死。这次除有景区环保观光车接送之外，更主要的是通过栈道新开辟了多条旅游线路。这一来，处于核心景区的老人峰、三叠龟、摩尼洞便成为新的旅游征程的"暖身"之旅。站在龟博馆前的观景台上仰视丛林中赫然挺立的老人峰，顿觉其惟妙惟肖。此刻，一位仙风道骨，银须飘拂的长者侧着身子目视着对面山峦之上正在嬉戏的三只小龟，原来，它们正在做着叠罗汉的游戏，身在山脊，看似惊险至极却淡然自若，扬扬自得，即便山风吹来，也岿然不动。在摩尼洞欣赏了洞中的悬石，各自撞响属于自己的幸运之钟，在立有"电视剧《西游记》拍摄地"标示的岩石上手持金箍棒弓腰、勾腿、挽臂，像孙悟空一样做着抓耳挠腮的动作，扮几个鬼脸、叫几声"师父"吼几句"妖怪，哪里逃！"之后，便开启了之前没有过的栈道之行。

上了栈道，才发现，视野开阔了，之前的老人峰突然跻身游人的眼底了，同时眼前的景致变得朦朦胧胧、虚无缥缈了。原来，这天虽然有太阳，但是雾霾较重。看上去就像在景物面前遮盖了一层纱幔。这一来，包括远处三脚鼎立于山崖一旁的四方石，立在路旁的女神石，都只能是一个比较清晰的轮廓，而无法看清其纹理脉络。就这样，沿着栈道，迎着日出的方向继续攀行，目光则更加辽远。山下的村庄，远处的公路若隐若现。在三道口凉亭稍作歇息后，我们在对面"之"字形凌空栈道上继续攀行，这时，整个景区的风光几乎尽收眼底。

在龟峰景区，游人见到最多的自然是"龟"。这些"龟"有整座山形成的，如景区进口处；有隐匿在山林之中的，如龟峰湖出口处；有两山轮廓相拼形成的；有高低相叠幻化出的。有的"龟"在山脊缓缓爬行，有的在山坳悄悄地趴着，有的调皮地躲在石窟窿里，有的一眼便识，有的抬头可见，还有的则需要高人指点，意会言传……这天恰逢雾霾，在云里雾里找寻这些"龟"，则更要心静和眼力。

三清山以道教三清、险峰松林著称；庐山以瀑布山泉、峡谷纵横闻名；龟峰没有瀑布，没有奇松，就以"龟"出世而闻名。据称，景区开放几十年，即便是当家人或是资深导游也说不出景区究竟有多少"龟"？当然，还不包括景区人自己造的、供游客观赏的，或是景区用在垃圾箱上那些笑容可掬、憨态十足的泥塑龟。正如景区的工作人员所言：如果你心中有"龟"，又有一双识"龟"的眼睛，在虚无缥缈的薄雾里努力找寻，那你一定会有更多、更美好的发现……

其实，龟峰景区不仅有"龟"，还有许多自然和人文景观。

如十八罗汉、伟人峰、玉兔峰、八戒峰、骆驼峰。这些景点不仅貌相神似，还有不少传说故事。在南天一柱一侧，我们有幸见到了所谓的"天外来客"，这尊石像就像在西海岸观景台看到的伊丽莎白头像一样，似乎与台湾鹅銮鼻海滩的塑像一样，它挺立在东岸的风口，高两丈余，虽久经风雨，却棱角分明，神似貌正，俨然天外来客，独自成景。就在它的身边，刻有元代与文天祥齐名的民族英雄谢枋得的一首诗：三十二峰峰最高，脚踏高处真人豪。远观灵山一培嵝，俯视彭蠡无波涛。眼明始见沧海阔，心闲却怜人世劳。后百千年谁独立，万古一览皆秋毫。

　　诗人的远大胸怀，恢宏志向，以及爱国情操深深体现在诗句之中。弋阳自古至今，就是一个贤才辈出，英雄迭现的圣地。烈士方志敏就是在谢枋得的影响下投身革命，他们和邵式平在赣东北这块红色的土地上留下了惊天地、泣鬼神的传说。此刻，在这

儿欣赏到民族英雄的诗作更加鼓舞士气，开阔眼界。

从一柱擎天的"南天一柱"身边下行，看过"八戒戏姑"之后，便朝着骆驼峰逐渐下山。为照顾有恐高症的朋友我们避开了玻璃栈道，选择从骆驼峰背阴的西侧下山，谁知下沉又上升后，仍然在索道口汇合，而我们所走的那一段路既惊险又陡峭。其间，一个个累得大汗淋漓。在这儿歇息片刻后，顺着山势一路轻松地来到龟湖码头。在船长同时是导游的指引下与匍匐在山林间的"湖边龟"告别。

从进门的"迎客龟"，到临别的"欢送龟"，这一路似乎都在与"龟"打交道。归途中，眼前似乎还浮现出一只只龟的模样……

龟峰看"龟"，尤其是雾里寻"龟"的确其乐无穷。

山谷中仙境

一

有人说，望仙谷是"山坳里的清明上河图"，在我眼里它就是隐藏在深谷中的"布达拉宫"。

夕阳西下，山谷渐渐地暗淡下来，暮色似乎要将山谷笼罩。这时，身旁的街巷，店铺的门口，巷口挂着的灯笼，墙体上镶嵌着的彩色发光带突然亮了起来。光溜溜的石径路面，宽阔平坦的篝火广场，古色古香的宗祠门口，热闹非凡的廊桥上，高耸入云的石拱桥上，甚至路旁的指示牌、风景树都在这一刻通明透亮。

在桥上，在小巷，在山谷两旁的观景台上，目之所及，仿佛整个山谷都披上了金黄锃亮的衣裳，呈现出一个五彩缤纷的世界。这时，人们的目光都不约而同地聚集到晚霞映照着的白鹤岩观景楼上。那儿是峡谷中的制高点，观景楼就建在最高处。置身其中凭窗俯瞰，景区风光一览无余。观景楼鹤立鸡群，气势雄伟。其所在的白鹤岩一侧舒缓，有街道、古屋相连，有木梯、小巷可攀；另一侧则面临峡谷，山势陡峭。深达百余米的谷底流水潺潺，巨石罗列。就在悬崖峭壁之上，建有多栋风格迥异，造型

独特，吊脚悬空、小巧玲珑的民宿木屋。一栋栋木屋之间都有栈道相连。这些曲折迂回的栈道牢牢地镶嵌在石壁之上，行走其中，仿佛置身于云雾之中。

不一会儿，观景楼的灯光也亮起来了。观景楼的轮廓清晰可辨，周边木屋、栈道也亮起了灯光。楼顶上，不时地变幻着彩灯，形成一根根光柱，射向深谷，射向天空。随着暮色加深，色彩特别耀眼，特别夺目。不少游人看过之后都说，那儿真像是西藏的布达拉宫。神奇的是，在它的背面，恰巧是另一座山峰的顶端。高低起伏、犬牙交错的峰峦隔着一段距离，在深谷中看起来颇有气势。那一刻，山尖依旧映照着夕阳的余晖，宛如雅鲁藏布江畔的另一胜景"日照金山"。

那是一道圣洁的美景。位于江西上饶灵山余脉的圆顶峰下，在紧邻金龟岭的深谷里，我们看到了雪域高原之景，眼前似乎闪现哈达在胸前、经幡在风中飘扬的情形，耳畔仿佛传来转经筒发出的阵阵声响。

二

　　位于上饶市广信区，即原上饶县望仙乡金龟岭下的望仙谷，乍一看，与地处大山包围着的当地别的山谷没有什么两样。都说山高必有深谷，谷深必有溪流。望仙谷在远处看起来也不是很宽泛，深入之后才发现，原来它就像一个宝葫芦，越往里走，越宽敞；越往里走，越奇妙；越往里走，越神秘。徜徉其中，只见树木参天，山泉喷涌，怪石嶙峋，曲径通幽。沿深谷溪水、踏卵石和青石板铺就的台阶拾级而上，只见一股清澈的溪水在巨石之间迂回流淌。在漂流着皮筏艇的彼此碰撞和艇上游客的尖叫声中，我们抬头看着两旁的美景。不一会儿便发现，这里已经不是想象中的荒山野岭、寂寞山谷，而是一座古老的、热闹非凡的小城。

　　这里有一条条纵横交错、宽窄不一的街巷，有一座座大小不一、风格迥异的民宅，有一家家鳞次栉比、特色鲜明的店铺。小桥流水之间，一栋栋独具赣派风格的民居，远远看去一片金黄。由夯土墙、石板路、木质门楣、青黛瓦片组合起来的村屋既原汁原味，又充满乡愁。当然，最具特色、最著名的是那条百味街。导游说，到望仙谷游览最好下午三四点钟进山，晚上十点钟出来。这样既可以游览风光又可以观赏夜景，都说这里的夜景特别漂亮。深谷中景致众多，各具特色，有的要通过悬崖栈道，在小巷里拐弯抹角穿行，只有在白天大致看过之后，晚上再看夜景才能分辨出方位，领略其不同景致。可是，

大家都发愁中间五六个小时要饿肚子。谁知，这一担心是多余的。只要有口味，在百味街一定可以让你找到满意的食物。在这里除米饭、稀粥之外，各类糕点、烧烤，各地传统美食，尤其是上饶当地美食和江西风味的小吃应有尽有。游客寻求了水上漂流的刺激之后，沿着悬崖上的玻璃栈道逐一领略峡谷之景。在遍布其间的茶楼、酒肆小憩，在广场看过民俗表演，在小吃店用餐之后，游客便来到横卧其间的桥上歇息。这时，即便是盛夏，山外炙热如火，桥上也清凉无比。浓荫蔽日之下，山风吹过之处，人声鼎沸，热闹非凡。

深谷中横跨着两座桥。一座为揽月桥，另一座为百舸桥。前者位于下游，为仿古石拱桥。它像一弯月亮，又如一道彩虹高耸在深谷之间。这里位于白鹤岩正对面，是回望地处天空之城的观景楼和岩壁木屋的最佳位置。夜幕降临，彩灯初上之时，桥上人头攒动，挨挨挤挤。大家云集在桥上一个个举着手机、相机拍照。不过，最完美、最经典的全景照片还是要在廊桥上拍摄。廊桥一侧，视野更加开阔，更主要的是画面当中有那一座石拱桥。初夏，枯树添绿叶，鲜花满枝头。夜幕降临之际，站在廊桥上，往进口的东边眺望，俨然一幅秀美的图画。峡谷中点点星光，建筑物依稀可辨。观景楼所在的山崖宛如空中楼阁，远处山峰依稀可见。石拱桥上看景拍照的，近处店铺喝茶聊天的人们历历在目。这一瞬间已有摄影师抓拍下来并展现在辖区许多民宿、客栈的厅堂中，成为望仙谷景区的经典。

这是江南甚至整个中国的乡村中最富有诗情画意的一个山谷，也是游人最为密集的山谷。日暮时分，华灯齐放，整个山谷流光溢彩。游人在现实与虚幻中徘徊，在故事和童话里陶醉……

三

望仙谷紧邻三清山、婺源，新冠疫情过后，声名鹊起。据称，这个山谷，早在数百年前就有村民在这里居住。前些年，一位老板先期投资上亿元打算打造悬崖客栈。由于新冠疫情和资金链断裂一度搁置后，当地政府续建最终成为江西独一无二的峡谷景观。新冠疫情结束后，这里迅速被游人发现，并火遍全国。

在深谷中，至今还有部分民居完整地保存着。其中就包括宗祠、寺庙、石板小巷和石桥。置身其中，既有现代气息，又有亘古印痕。其中的红军街，还曾留有炮火硝烟。斑驳的梁柱上刻满岁月的沧桑，青砖拱门之间彰显质朴和简洁。景区内，有穿着时尚的年轻女子飘然而过，也有身着汉服的景区表演人员穿行其中，让游人仿佛忘了自己是在崇山峻岭之间的深谷中，仿佛进了大观园，进了紫禁城。

当然给我印象最深的还是主人的纯朴和热情。我发现，这里处处散发着文明的气息。交警和景区服务人员一个个晒得黑不溜秋，景区内外餐馆明码标价，入住民宿老板更是免费接送游客。即便是在景区，管你做没做生意，都可以大大方方甚至长时间地在其桌椅上休息、聊天。

那天，我们一行五人在景区附近的祝狮村一家名为"伴山别苑"的民宿住宿。主人汪桂锡憨厚朴实却热情好客。他说，村里的汪氏大多是从景区迁移出来的。之前，他们家靠几块高山梯田收入有限，规划景区后，政府帮他们划拨了土地，建起新房后家家开起了农家乐，每天的收入都在千元以上。说到接送游客，他们说山里人家上门都是客。你们初来乍到人生地不熟，不接送晚上容易迷路。就这样，他们一个晚上要接送五六趟，忙完时已是半夜三更了。

十年之前，这里还是人迹罕至的深山峡谷，古老的小村掩映在溪水和灌木之中。在追随"绿水青山就是金山银山"的时代大潮中，他们利用这一特殊的生态做出了一篇锦绣文章。如今游人在他们老家所在的景区找寻过往痕迹，思索这一巨变的同时，夜幕也就降临了。在百舸桥畔看过文艺表演、观赏完篝火晚会之后，猛然抬头发现一轮明月高悬在山谷一侧。这轮明月不仅浑圆明亮，而且硕大无比。正疑惑时，有同伴告诉我，原来是白天见过的高悬在山头的一个巨大的圆球。没想到它竟然是一颗人造月

亮，究竟是如何发出光亮的大家似乎都不明白。明白的是在山谷，在古老的街巷，在山谷的一侧有这么一轮不沉不息的月光无疑是一种奇景，有着无限的意境。

白天的山谷是那么热闹，到了夜晚又是那么宁静。月光下，山谷似乎格外清幽，更加神秘。此刻，在这座山谷中，在山谷的每一个角落，都有一群从天界中下凡的仙人，他们在尽情享受人间的欢乐。

其中当然包括我。

金色海昏

一

北有兵马俑，南有海昏侯。

陕西西安的兵马俑早已蜚声海内外，江西新建的海昏侯后来居上，似乎也要震惊世界。

两千多年前，刘贺在鄱阳湖以西的昌邑结束了其人生的短暂

时光。可就是这 33 年，这位帅气、稳重的年轻人从王到帝，从帝到侯。其间，曾身背 127 条罪状，不仅光环尽去，还从诸侯的尊位上跌落成戴罪的庶民。直到汉宣帝刘询登基后，才将幽禁在昌邑 14 年的刘贺赐为海昏侯。之后，他又东山再起，成为海昏国的国王。遗憾的是，4 年后，这位喜欢吃香瓜，身体非常羸弱的诸侯 33 岁那年，因患急性肠炎撒手人寰。

刘贺为汉武帝刘彻的孙子，昌邑哀王刘髆的儿子。5 岁时刘贺承父位成了昌邑王。18 岁时叔叔汉昭帝驾崩后，辅佐朝政的大将军霍光将刘贺从昌邑召回长安并让他当上了皇帝。但因父亲早逝，刘贺个性轻狂，加上缺少管教，很快又被霍光废黜了。当时众人都为之错愕，这毕竟是历史上第一个被大臣废黜的皇帝。其父刘髆 20 岁英年早逝，仅留下刘贺一根独苗，没想到其子而立之年重蹈覆辙。更让世人没有想到的是，时隔两千年，在江南，在海（鄱阳湖的旧称）昏（日落的西岸），也就是古豫章，古洪城，今南昌，却因这位一直默默无闻的废帝留下的巨额遗产而一夜扬名。

这是考古史上的一个奇迹。在离南昌 40 千米，位于新建区大塘坪境内的海昏侯古墓群中竟然出土了一万多件珍贵文物，其中包括铁质编磬，长江以南仅有的真车马陪葬。一座用五铢钱堆成的重达十余吨的钱山。除此之外，还有 20 块金板，重达 115 公斤的金器。

金子向来被国人视为贵重物品，其所独有的色泽更是以其名称之为金色。那是清晨和傍晚太阳所独有的色泽，也是朝阳和夕照映照下大地才有的色泽，更是金秋一望无垠的稻田才有的色泽，一种象征着高贵、富有和神圣的色泽。于是，被这一色泽涂抹和渲染了的海昏圣地和在这块土地上演绎出的一个悲壮的故事

主角沉寂千年之后，悄然走上了台前。

二

初夏，为了追逐这一色泽，我一大早驱车从东乡出发，沿梨温高速一路向北，过进贤之后，转道京福高速，东绕南昌城，过瑶湖，再走昌九大道，大约两小时便来到南昌汉代海昏侯国遗址博物馆所在地南昌新建区大塘圩联合村。临近鄱阳湖的新建地势平坦，池塘沼泽较多。乍一看，与赣抚平原上的其他地方几乎没有什么两样。可就在这片稻田、池塘和小山坡相间的地方赫然建立了一个面积达数万平方米的西汉海昏侯遗址公园。穿过两座城堡相望的大门，首先映入眼帘的是广场上耸立的金色车马雕塑。这群用精美铜材仿制的车马雕塑高大逼真，气势宏伟。阳光下金光闪闪熠熠生辉。

在椭圆形的接待大厅看过宣传片，购买了景区参观门票之后，我们乘坐环保观光车大约 5 分钟便来到了汉代海昏侯国遗址博物馆。

这里介于接待大厅和海昏侯墓之间。一座整体看似水立方，外观呈八字形的建筑造型别致，富丽堂皇。它面对一方池塘，中间一条宽阔的步行大道。游人沿大理石台阶拾级而上，两旁花团锦簇，绿树成荫。

一楼大厅空旷而幽静。中间赫然矗立着一尊高大的塑像，它就是海昏侯刘贺。年轻帅气的刘贺此刻正迎风站立，挥臂之间仿佛在指点江山。其颔首远眺时衣襟飘逸，显得春风得意。这一刻，

青春焕发，朝气蓬勃，眉宇间充满精气神。他身后是一面巨大的背景墙，也是一幅大型壁画，通过一组各自独立的画面展示了海昏王国的旖旎风光、风土人情，以及重大事件、历史人物等。壁画长达数十米，看上去气势磅礴，极具视觉冲击力。

　　海昏侯国遗址博物馆为两层建筑，共分为基本陈列和专题陈列两个部分。展厅总面积8819平方米，大致分为"金色海昏""书香海昏""丹漆海昏""遇见海昏"四个部分，共展陈海昏侯国遗址出土的各类文物1200余件。正如导游所言：它集中并客观真实地展示了考古和研究成果，体现了遗址的价值和内涵，是一个集文物展示、社会教育、文创开发、休闲娱乐、公共服务于一体的重要文化阵地。

　　在冠名"金色海昏"即历史文化展厅里我们看到了以夯土的"黄"、漆器的"红"与"黑"为主色调，采用主题式设计手法，

复原了气势雄伟的西汉王侯出行车马仪仗以及恢宏大气的礼乐场景。在"书香海昏"即海昏简牍展馆里主要展示的是出土文物中学术价值最高、备受国内外学术界关注的海昏简牍的复制品，其中最具有代表性的是签牌、奏章、春秋公羊简、祠祝简、大戴礼记简、悼亡赋简等。在"丹漆海昏"即海昏漆器展厅，我们看到的是出土文物中最为精美的海昏漆器的复制品。包括漆盘、漆案、漆勺、漆盾、漆乐俑、漆琴、漆卮、漆奁等漆器，其完美复原了汉代漆器典型木胎、夹纻胎的制造工艺和其本身所具有的精美纹饰造型，体现了汉代皇室、列侯贵族对生活品质的追求，诠释了漆器本身所蕴含的文化底蕴。

当然，最让游客在意的还是展厅里陈列的"金饼"和"马蹄金"。透过通明透亮的玻璃罩，那浑圆厚重的"金饼"，形似马蹄的"马蹄金"，虽大小不一，造型各异，但都金光闪闪，光彩夺目。无论是工艺还是造型都给人留下深刻印象。"兵马俑"之所以被世人称为"人类的第八大奇迹",是因为它在艺术史上具有很高的价值,同时是雕塑艺术的宝库。而海昏侯遗址的发现,同样为中华民族灿烂的古老文化增添了光彩,也给世界艺术史增添了亮丽的一笔。在灯光的映衬下,展厅里金光闪烁,游人驻足其间,无不恋恋不舍。

三

有人说,"海昏侯"三字生僻难记,含义难辨。其实,海昏侯刘贺并不像大家一直猜想的,是一个荒淫无度、不学无术的昏君。史料记载,刘贺是一个爱好广泛,博览群书的后生。且其中的"海"指的鄱阳湖,而"昏",指的是黄昏,泛指日落之地。海昏也就是今南昌、新建一带。西汉时这里为海昏县。

刘贺作为一方帝侯,下葬在今大塘圩乡观西村村后一座极其平凡的土坡上。这里没有甬道台阶,没有苍松翠柏,没有石人石马,更没有高耸入云的碑铭,甚至没有南方常见的青松和灌木,有的只是蒿草、荆棘和土堆。它紧邻村落和稻田,没有气势恢宏的建筑,没有

一个人看守。一个土坡、一个废帝、一个命运多舛的家族连同富可敌国的财富在这里沉寂了两千年。一个偶然的机会，某地一伙盗墓贼惊奇地发现墓地并在此出没，可就在他们接近大喜的关口时，突然被一网打尽。正是他们这一"壮"举才让西汉海昏侯墓得以重现，让海昏侯刘贺重见天日。

据称，这是目前自西汉以来发掘最完美，也是保存最好的汉墓之一。之所以这样是因为其下葬后不久南昌一带发生过一次强烈的地震，巨大的力量将其棺椁略有移位，加上鄱阳湖几次大规模的洪水，大部分已将其淹没水中。

从遗址博物馆乘车到海昏侯墓地同样只要两三分钟。路上，每位游客都在不经意地想象着它的宏伟气势，高大威严。谁知到了目的地才知道，眼前就一个山坡，景观大门两旁的几棵松柏也是新近移栽的。墓地除了用土堆积的几个土包、一个墓地展示模型，一栋据称位于刘贺墓地头部供游人参观的回廊，在回廊里勉

强能看到一些城池围墙、挖掘过的碎土之外，什么与墓地有关的宝物也看不到。失望之余，导游解释说，现今游客看到的只是其中的一部分，海昏侯墓，包括其家族墓还在进一步发掘中。期待有一天，这里将再次浓妆艳抹地展露出它的光辉。

陕西兵马俑已经风靡了数十年，海昏侯紧随其后，也将在华夏灿烂的文化中扮演好自己的角色，唱出属于自己的旋律。

在柳暗花明、草长莺飞的江南，在美丽的鄱阳湖畔，在英雄城南昌的北方，废帝刘贺用他复杂的身世和无尽财富向我们诉说了那个年代曾经发生的故事，诠释了两千年前江南所具有的璀璨的文明。

历史是一本书，记录着一个时代的风云变幻，记录着那个年代生活着的风云人物的生存痕迹；历史又是一面明镜，映照出那

个年代和那个年代生活着的各色人物的音容笑貌、善恶灵魂。

　　刘贺及其家族的兴衰都用一种特殊的形式记载在江西新建的这块土地上。他的意气风发、落魄凋零连同戏弄过他的那位将军都在两千年之后真实地展示在世人面前。

湿地如歌

—

　　"落霞与孤鹜齐飞，秋水共长天一色。渔舟唱晚，响穷彭蠡之滨；雁阵惊寒，声断衡阳之浦。"这是初唐四杰之一王勃在《滕王阁序》中的一段话。其中"渔舟唱晚，响穷彭蠡之滨"描述的正是鄱阳湖最大的岛屿长山群岛渔民身披夕阳满载而归的热闹场景。1300多年前的傍晚，家住古绛州龙门（今山西河津）的唐代文学家王勃从水路乘舟路过江西鄱阳县。时值深秋，一场细雨过后，虹消云散，天色转晴，阳光和煦。当船行驶到位于鄱阳县城东南一侧的长山岛时，王勃的眼前突然出现这样一幅美景：落霞与孤雁一起飞翔，秋水和长天连成一片。暮色中，从渔舟上传出的歌声响彻彭蠡湖滨，雁群感到寒冷而发出的惊叫，鸣声直到衡阳之浦为止……

千古名篇《滕王阁序》中的"渔舟唱晚"让鄱阳湖上的长山岛从此闻名遐迩。一个初冬的日子，我有幸来到隶属于江西鄱阳县双港镇的长山村并目睹它的风采。长山村位于长山列岛最大的岛屿——尖峰顶山麓，尖峰顶海拔 141 米，面积 176.8 公顷，村舍就海岸线呈 U 字形舒缓地展开并依次往山坡堆叠。置身其中，宛如山城。小巷交错，曲径通幽。时值初冬，鄱阳湖早已进入枯

水期，无数条渔船停泊在湖畔的草滩和淤泥之中。站在村口往西南方向远眺，除了一桥之隔的龟山以及与之比邻的座山、对鼓山、横山等岛屿外，几乎看不到尽头。苍茫的天底下，只见一条条的渔船，一片雾蒙蒙的水面。这数百条船横七竖八、稀稀疏疏地横卧在湖畔，其阵势是那么雄壮，场景是那么宽阔，俨然一幅美丽的画卷。近处，渔船上的夹板、鱼舱甚至机轮都清晰可见；远处，船舷、旗杆乃至机器的轰鸣仿佛与天色融为一体。风动、云动，天不动、水不动，浩瀚的鄱阳湖竟然这般温顺和淡定，让我们惊诧不已。

然而，在春夏两季，这里便是另外一番景象：春天，矗立在鄱阳湖中的长山岛也和江南一样草长莺飞，山花烂漫。和煦的阳光下，新叶爬满枝头，一片生机勃勃。夏天，鄱阳湖水日渐聚集，转眼之间，长山列岛共13座小岛便一齐沉浸在水中。这时，位于尖峰顶的长山村和位于座山、渚头岭下的下山村都成了"湖

上夏威夷"，与湖外彼此相通的道路全都被茫茫的湖水淹没。那时候，你在船上看渔村，仿佛就像是意大利水城维纳斯。在蔚蓝的天空、碧绿的湖面的映衬下，长山群岛宛如几条巨型的战舰徐徐地行驶在浩瀚的大海之中。压阵的则是长山村所在的尖峰顶。那时，你搭乘渡轮或是渔舟来到长山列岛，无论站在哪个方位，几乎都看不到湖岸。微波荡漾时，仿佛山在移、房在走、人在游。环顾四周，均为水面。长山村也就成了湖上的一叶扁舟，一艘战船。不过，若是到了开渔期，整个长山列岛则人声鼎沸、热闹非凡。那时，千船竞发，风帆点点。几千人的队伍浩浩荡荡驶向湖中，其阵势仿佛排山倒海，惊涛拍岸……

可惜，我们没有在那个时节光顾这里……

二

湖水退去，遗留在码头或是岸滩的水迹渐渐地淡去，一望无际的滩涂却早已露出了它灿烂的笑脸。在渔村吃过农家宴，饱尝了主人精心烹饪的来自鄱阳湖的多种鱼类之后，我们搭乘长山至店前的客运班车，在长山村东南那条据称海拔在 15 米以下、蜿蜒在一片滩涂之中的水泥小道来到了位于东南方向的泥坊湿地。在这条仿佛镶嵌在滩涂绿草中的飘带上举目远望，眼前几乎都是草滩和芦苇。时值冬季，厚厚的绿草依旧绿油油的，像是给湿地铺上了一床巨大的绒被。一簇簇芦苇随风摆动，不时地掀起波浪。一片片的芦花在阳光的映衬下晶莹剔透，光芒四射。芦苇、绿草一侧，一条刚刚退去活水的宽阔的沟壑隐约可见。沟痕随地

势蜿蜒，残留的水迹在阳光的照耀下散发出熠熠的光彩。沟壑一侧，映入眼帘的是一团团艳丽的色彩。走近才发现，那就是鄱阳湖最常见的、就着地面生长着的蓼草。蓼草个头不高，花朵不大，却暗藏馨香。就是这一朵朵细小的、紫色的花朵连成一片，便将没有青草和芦苇的滩涂染成了殷红的颜色。一望无边的湿地中，一片蔚蓝的天空下，白色的芦苇，绿色的野草，紫色的蓼花，让这数十万亩湿地变得五彩斑斓、气象万千。在裸露的滩涂中我们还发现了鸟类留下的密密麻麻的脚印。向导说，这便是天鹅和仙鹤在此栖息和活动的印记。傍晚，成群结队的天鹅、仙鹤将来此落脚、过夜。这些湿地正是这些天之骄子的天堂。正说话间，头顶传来一阵阵天鹅和大雁的叫声。抬头仰望，只见一群群天鹅和大雁从天边飞来，又从头顶飞过。那简洁的队形、清脆的鸣唱唤起游人的沉思。就在我们的头顶，就在这片湿地的上空，曾经划过多少的历史印痕。1363 年，朱元璋与陈友谅在鄱阳湖决战，长山岛上至今仍留存有古战场和洪武庙。多年来，地处西河和饶河进入鄱阳湖要塞的长山岛，让文人墨客为之倾倒。在游人眼里，长山岛就像一颗璀璨的明珠，又像一艘永不沉没的航船。

三

长山据称是东海龙王一位性情倔强的王子变化而来的。这位王子在水族肆意妄为，惹祸不断，蠡山老母施法将他降伏并将他压在蠡山附近的山下，可他还是不思悔改，常常蠢蠢欲动、伺机逃脱。于是，蠡山老母再动怒火，挥鞭将他赶到鄱阳湖中。这便

是鄱阳湖中长山岛的来历。

都说靠山伐木，临江捕鱼。长山村的村民祖祖辈辈以打鱼为生。汛期，他们黎明出船，黄昏归来，渔船总是沉甸甸的。禁渔期，他们收网上岸。正是渔民自觉适应这种调整，才使得鄱阳湖生生不息。

为了保护鄱阳湖的生态环境，提升渔业效益，在政府的引导下，长山群岛也推广了网箱养鱼技术，同时鼓励年轻人外出务工。为了弥补禁渔期等造成的损失，国家给予了渔民一定数额的补贴，对于特别困难的村民，有关部门进行了结对扶贫。说来也巧，那天为我们提供农家宴的那户人家便是扶贫对象。他们家建有三层楼房，平时还兼搞农家乐，主人的厨艺不错，收入肯定不低，怎么还要扶贫呢？原来，他家好几个孩子都在读大学、考研究生。这是多好的一个兆头啊！家住湖心岛、世代打鱼的人家竟然连出几个大学生，这无疑预示着渔村的未来和希望。其实，像他们家一样，建有楼房，购有渔船，日子过得还殷实的人家在长

山村比比皆是。

离开湿地的时候，我的眼前仿佛出现这样一幅美景：夕阳下，无数艘渔船满载而归，无数只天鹅在头顶飞翔。鄱阳湖是宽阔的，置身其中，一望无垠，目光辽远。鄱阳湖是深邃的，徜徉其间，心平气和，淡定自如。鄱阳湖是圣洁的，遐思之余，心际无瑕，心潮澎湃。鄱阳湖是无私的，品味其韵，萌生激情，大爱无疆。期待每个去过渔村、来过湿地的游人留下祝福，带走印痕，让湖水常清，湿地常绿……

留爱遂昌情难忘

　　清晨，迎着晨曦和朝阳走进位于钱塘江、瓯江源头的遂昌县城，宛如走进了大山深处。驻足凝视只见左边是山，右边是山，前面是山，回头一看，后面还是山。置身其中，仿佛坠入深涧峡谷，四面都被崇山峻岭包围。雾霭中，一座座山峰在朝阳中渐渐地露出峥嵘，云彩或是山岚在山间飘逸，山峦的轮廓变得清晰和壮观。

　　几条河流在城中穿过，大大小小十余座桥将这个四面环山的小城连接了起来。遂昌历史悠久，早在东汉建安二十三年（218）就建县，可是，受所处环境和地域的约束，辖区民众一直以来就不怎么富裕，县城规模也不算很大。漫步大街小巷，几乎见不到高耸入云的大厦，政府办公大楼也只有两三层，且地处古城区附近，紧邻商贸大街。

然而，在不广阔、不奢华、不张扬的遂昌县城，有一个名字以及与这个名字有关的印记却遍布街巷，弥漫山间。这就是家住抚州临川，以戏剧《临川四梦》蜚声中外，与世界著名的大戏剧家莎士比亚齐名的汤显祖。

万历十九年（1591），41 岁的汤显祖热血沸腾斗胆上疏皇上，希望其将身边的宠臣革除，及时起用忠君直言、有所作为的官员，结果满心希望换来的却是自身遭贬，前程黯淡。

万历二十一年（1593 年）春天，汤显祖骑着他那头苍老瘦弱的

毛驴，从广东徐闻一路颠簸来到穷山恶水、土地贫瘠的遂昌。一路上，汤显祖心中不免犯愁。遂昌境内原本就多山，在穿行狭窄的古驿道中，汤显祖几度迷路，幸亏山里朴实的村民适时指点，辗转数日，总算来到地处大山之间的遂昌县城。

一进城门，遇到的第一件事便是老虎光天化日闯进城区，将一位进城卖炭的老汉活活咬死。汤显祖躬身来到老汉身边，悄悄地问旁边的人："老虎伤人为什么不施救，为什么不将老虎打死？"村民说："听口音就知道你是个外乡人！在我们这里敢打老虎？你知道附近山中有多少只老虎？你若是敢动一只，第二天，全城都得遭殃！""有这事？"汤显祖问。另一位接话："这不，前几天也是这个时候，城西一连两位妇女葬身虎口。遂昌自古老虎猖獗，白天出门都得三五成群。有时庄稼成熟了都不敢去采收，因而有不少良田都荒废了。"

上任第二天，有衙役来报，当日境内又有六名劫匪被捕。汤显祖说："你们辛苦了！速将歹徒关进大牢。"衙役说："县大牢早已人满为患，关不下了。"汤显祖又问："都说山里民风淳朴，为何遂昌这地方这么多劫匪呢？"衙役犹豫片刻接着说："老爷，这些劫匪大多是因为肚子实在太饿才在道上劫财劫物的。遂昌境内山高林密、土地贫瘠，加上饿虎成患，有的一家老小长期挨饿，为了活命他们当中有的人才顿生歹念的。"汤显祖听了手捋银须，许久没有出声。

这之后，一连几个夜晚汤显祖都在灯下苦思冥想。最终做出了他认为明智同时受到遂昌百姓拥护的决定。这就是后来让遂昌百姓感激、念叨了400多年深深铭刻在遂昌历史进程中的几件大事：打虎除害、纵囚观灯、兴教劝农。在汤显祖这位"仙令"极

力倡导的"以情安民、清正爱民"的治县方略下，县民进山掘金、伐木拓荒……

400多年后，知恩图报的遂昌人仍旧用一种特殊的方式铭记这位来自江西抚州的，瘦弱的父母官。这就是在大街小巷随处可见的以汤显祖命名的大道、餐馆、旅店、桥梁、御景园；这就是在最繁华的古城设立的占地数十亩的"汤显祖纪念馆"和汤馆书店存储的数百种研究汤学的专著和期刊；这就是遍布城区街巷和城区广场的古色古香的古戏台和牡丹亭；这就是紧邻县城设立的"汤公园"和汤公园中高达九米的汤显祖塑像。这就是出现在汤公高大塑像四周的那一幅幅画面生动、事迹感人的浮雕……

遂昌，一个溪流纵横、溪水潺潺、山岭逶迤、行路艰难的地方；一个民不聊生却心有梦想、心怀感恩的地方。这也让一心想有所作为却屡遭挫折的汤显祖重拾自信，突生灵感。在此，他体现了自身的价值，施展了治县的才华，建立了被人认可的政绩。同时，他的文学和戏剧创作迈上了一个新的台阶，惊叹世界的《牡丹亭》在遂昌这块热土上横空出世。在这部划时代的、里程碑似的巨著中，汤显祖盛情赞美了忠贞的爱情，破天荒地将人人

都曾有过、都曾做过的美梦巧妙地运用到戏剧之中，搬到舞台之上，继而拓展了戏剧的表现形式，丰富了舞台艺术。

遂昌也把这位仅仅任职五年的"父母官"奉为了"一方神灵"。400 多年来，他们以各种不同的形式怀念他、纪念他，真诚地纪念这么一个外乡人，牢记着这几件按理来说也是"父母官"应该做的事情。这实在让其家乡的父老乡亲感动。试想，在华夏大地，有多少县民有这般热情、有这般虔诚、有这般投入、有这般执着去歌颂一个外乡人，去传扬一个小小的"父母官"，去渲染一个当时还不这么出名的剧作者……这委实让汤公家乡的人们感动。这感动源自真切的情感，博大的胸怀，这感动自然也唤起抚州人的自豪和怀想。

无论什么年代，无论身居何处，只要你尽其所能、竭尽全力、踏踏实实地为大众、为他人做些什么，付出了什么，奉献了什么，人们都会感知和记起，都会以他们认为合适的形式表示感激和铭记。

清代东乡名载青史的涂官俊曾在陕西泾阳担任县令，为使泾阳百姓摆脱贫困。他倡议修复古渠，兴修水利，打击盗贼，囤积余粮，兴办私塾，惩治罪犯，事事为民解忧。最终，积劳成疾、卧病在床的他还支撑身体叮嘱事宜，分发仅有的积蓄。去世后，县民沿路相送，并在泾阳境内兴建多座涂公祠、涂公庙，感恩之心无以言表。

就如同泾阳人敬重涂县令、遂昌人感恩汤显祖一样，一个人能让一群人、一方人记起和感恩实在不易。

汤显祖将情与爱恒久地留在遂昌，他的名字早已与遂昌融为一体。期待地处浙西南，有着竹炭、菊米之乡美誉，有着金矿、温泉、神龙谷、南尖岩等旅游资源的秀美遂昌在新的历史时期谱写出更加华美的乐章。

走过青田桥

一

　　这是一座古老的石板桥。它东临东边岭，西接彭家村，数百年来横跨在青田河上。沿青田河逆水而上，大约四五千米，便是陆坊青田村。那里是宋代大儒陆九渊的故里。而离这座桥不远的东边岭便是他和他的兄弟及族人的长眠之地。

　　青田河宽 60 多米，这座桥便由 11 个高耸的桥墩支撑，每个桥墩之间又由长约五米的方形条石相接。高约四米的桥下溪水清澈，小鱼游弋。伫立桥头，顿觉一条巨龙向前延伸，宽阔的桥面，翘起的龙首，在青山的掩映下，在蓝天白云之间，顿觉气势雄伟，蔚为壮观。夏日的阳光映照在清澈的河面，桥的身影便在水里袅袅婷婷、荡荡漾漾。桥下传来的汩汩的流水声，随着山野吹来的微风丝丝入耳，悄然于心。

走在桥上，才发现桥面似乎要比普通的石板桥宽出许多。原来它均由五根方形条石组成，虽然粗细均匀，但材质和色泽略有不同。有的黝黑，有的粉白，有的甚至出现些许的裂缝，都是时光刻下的印记。细看，那光溜溜的桥面分明还隐隐约约存留车辙的痕迹。中间一道清晰、深凹的沟槽显然是独轮车留下的，而两边深浅不一的则是马车碾过的。那大小不一，有深有浅的小窟窿据称是马蹄留下的印记。兴许是久经风雨，岁月更替，这座桥承

载了无数的过往行人，包括接官抬轿的，赶车马运物的，挑担赶集的，身背行囊、手拿雨伞、带着书童赶考的，光着脚板下地干活的，他们都在上面留下了痕迹。

在这座桥上每走一步，都觉得脚步是那么厚重，心里是那么沉实，就像这座桥原本就有的厚重和久远的历史一样。这座宽60多米的石桥，需要多少高规格的石材？这些石材又从何而来？它在这里坚守了多少个年头？又有哪些名人曾经从这里走过？这是我走在桥上不经意萌发出的想法。萌发这一想法的机缘是那些与青石有缘的青苔，年复一年地依附在它们的身上。由于年代久远，有的由绿变黄，有的又由黄变白，最后用它洁白的身躯紧贴在青石板上，与桥身融为一体。这一来，石桥那原本平整光滑的身躯，便变得斑斑驳驳，沧沧桑桑。

在许多这样的石桥要么废弃，要么塌陷，要么被山洪完全冲毁的今天，青田桥却真实地存在，且至今还在支撑着过往行人，不免让人感叹！

二

金溪有着 1000 多年历史，底蕴厚重，人文卓著。境内的青田河，发源于金溪境内的天门岭一带。这里紧邻资溪大觉山，为武夷山的余脉。悠久的历史，灿烂的文化，尤其是千百年来传承和弘扬的耕读治家、诗书传家、理学兴家的赣抚文化，让这块自古盛产黄金和陶瓷的土地先贤辈出，光耀华夏。宋代家住陆坊青田的陆九渊便是其中杰出的代表。陆九渊生于南宋绍兴九年

（1139），卒于南宋绍熙四年（1193），号象山，字子静，34岁便考中进士，后成为南宋著名的哲学家、教育家。作为中国哲学史上有着突出贡献的里程碑人物，他的许多满含哲理的妙语成为千古名句。如出自《语录上》的"铢铢而称之，至石必谬；寸寸而度之，至丈必差"。出自《与郭邦逸》中的"圣贤与我同类，此心此理谁能异之"。出自《与傅齐贤》中的"心苟不蔽于物欲，则义理其固有也，亦何为而茫然哉？"这些珠玑之语，成为至理名言。

"十里松楸翳薜萝，百年芳冢正嵯峨。山川几处还增重，草木兹乡亦自多。道在生死真孟浪，教残风俗竟如何。瓣香尚拟归途拜，仰止高风下马过。"明代家住鹰潭贵溪、曾任首辅的大学士夏言在慕名拜谒了陆象山墓之后所作的题为《经陆象山先生墓》诗作代表了许多崇敬陆九渊的后人的心声。陆九渊的心学也深深地影响了金溪，尤其是其青田本家，因而其故里获得"青田义里"的赞誉。青田桥所在的大桥村与陆氏家族渊源颇深。流经青田村的青田河绕村而过。村东头的东山岭下有一棵枝繁叶茂的老枫杨树，树下的青田桥便是古代金溪一带通往上饶、贵溪、江苏南京、福建南平的重要驿道。枫杨树西侧的青田桥更是古驿道的必由之路。时隔数百年，浓荫蔽日之下，饱经沧桑的青田桥依旧安卧在青田河上。数百年来，与之齐名的理学家朱熹，山水田园诗人谢灵运，爱国诗人陆游，宋哲学家、思想家李觏，名臣程钜夫，思想家、文学家王明阳，明开国状元吴伯宗等名士都曾因为出行治学或是访友踏青走过这条驿道，走进陆坊青田陆九渊的老家。正因为如此，青田桥才这么闻名，青田桥才这么结实。

三

　　青田因为陆九渊而闻名，青田桥同样因为陆九渊而出名。史料记载，青田桥始建于宋景炎元年（1276），也就是陆九渊行世之前。当时，这里也许只是一个渡口，过往得搭乘小船；也许只是一座简易的独木桥。年轻倜傥、意气风发的陆九渊常常从这儿经过，或与兄弟进金溪城就读，或去临川访友、讲学，或携家小到东边岭扫墓，这里都曾留下他弥足珍贵的脚印和他那高大的身影。当然，最气壮山河的行程是赴铅山鹅湖书院与同为好友的朱熹的一场史无前例的学术之辩。都说宋代是中华文明最璀璨、学术研讨氛围最温馨的年代，鹅湖之辩引起的轰动不仅是空前的，

也是惊世骇俗的。金溪和青田也因此一夜之间扬名四海。基于此，青田桥也就在人们的关注之中。这之后不久，即宋景炎元年，这里便有了真正意义上的青田桥。260年后，也就是明嘉靖十五年（1536）青田桥得以重建。当时称之为"广济桥"。又过了近300年，即清道光年间，广济桥严重损毁。1830年前后，百姓纷纷向时任金溪知县胡钊奏请重修青田桥。但官府资金十分匮乏，当地乡绅筹款有限。时有抚州兴鲁书院教授周耀龙来金溪，胡钊深知其乐善好施，便领周耀龙到陆坊东山岭祭拜陆象山墓。途经青田桥时，周耀龙见乡民皆涉水冒险过河，又闻胡钊欲修桥缺乏资金，便慷慨解囊，筹资3400贯用于修桥。桥修好后，胡钊打算给桥取一个新的名称，毕竟叫"广济桥"这一名字的太多。可一时又想不到更好的。

一天，桥上有一出嫁的新娘路过。修桥的工匠都想一睹新娘芳容，便借故不让花轿通行。娶嫁的长辈怕延误了婚礼便让新娘下轿。新娘子出自名门望族，从小知书达理。她给工匠们和在现场巡视的县令胡钊道了万福，再向天地鞠躬跪拜。县令见状，手捋银须说道："青田桥有一个好名字了，就叫万福桥吧！"

可是，由于陆九渊赋予青田的底蕴太过于厚重，万福还是盖不了青田的声名，人们还是习惯于叫它青田桥。毕竟，在这座桥上有过许多传奇故事。南宋，家住弋阳县叠山镇（原称周潭乡）的谢枋得，家住金溪新田的吴名扬为响应文天祥在安仁、金溪一带组织抗元义军，联络义社时，就曾多次从这里经过。晚清政治家、理学家、文学家、书法家曾国藩平定太平天国时亦曾亲率湘军在此借道。

四

时间又过了近 200 年，金溪境内的许多古桥荡然无存，而伴随在陆九渊身旁的青田桥却依旧展露着它的光彩。站在桥东段的那棵有着 400 年历史的枫杨树下，静静地观察之后，我们才发现，为了保护好这座桥，当地人可谓费了不少心思。一是在桥的上游修了一条水泥便道，分流了重载的车辆；二是在大桥的下端砌了一道水坝，既可以调节水位用于灌溉，又可以减缓水流对桥墩的冲击。有了这一意识，古桥自然稳如泰山。当然更多人的目光还是落在那一棵枝繁叶茂的枫杨树上，都说是这棵树像一位彪悍的勇士并以圣人的庄严厮守着青田桥的荣光。

站在浓荫如巨伞的枫杨树下，远眺天边的天门山、大觉山、武夷山仿佛历历在目。静听桥下经久不息的潺潺水声，心中无比宁静而辽远。

如果心不被物欲所蒙蔽，那么义理就会显现其本来面目，为什么还要茫然呢？

读书最忌讳马虎匆忙、急于求成，如果能够静下心来慢慢体会，会发现里面有无穷的兴味。

不能理解的地方不妨先放一放，但对自身急需的东西一定要立即动脑，抓紧时间思索。

每个人都有擅长的和不擅长的，有知道的有不知道的。如果擅长就说擅长，不擅长就说不擅长；知道就是知道，不知道就是不知道，才是真正地知道。

离开青田桥之后，我脑海里一直回想着先圣陆九渊说过的大意如上的这些话。

葛仙山览胜

　　山不在高，有仙则灵。都说葛仙山是太极仙翁葛玄结庐之地，不仅风光优美，传说众多。几番相约，总算成行。

　　葛仙山位于江西上饶市铅山县中部的葛仙山镇，地处武夷山北麓，主峰葛仙峰海拔 1096.3 米，素有"中华灵宝第一山"之称。葛仙山原名云岗山，因汉末赤乌元年（238）间江左著名道士、医药学家、道教灵宝派创始人葛玄在此炼丹、飞升，故易名为葛

仙山。葛仙山集宗教文化与自然风光于一体，是道教和佛教和睦共处的圣地，具有"一山两教、道佛双修"的特殊景观。

5月中旬，一个久雨初晴的日子，我们驱车前往葛仙山游览。在观赏了葛仙山依势而设的多重瀑布、泉池，又在仿古街一餐馆吃了午餐之后，我们便乘缆车来到了山顶的观景台。

兴许是连续下了多天的大雨，这天天气忽然变晴，不仅空气清新，而且能见度非常高。四周十几里的风光尽收眼底。我一直认为：任何一个景点之所以受游客青睐，自然景观固然重要，但

是人文底蕴不可或缺。两者兼有，才能丰富其底蕴，平增其厚度。

　　清同治《铅山县志》记载，早在唐咸通年间，就曾在葛玄设炉炼丹处兴建宗华道观。宋治平二年（1065），宗华道观被赐名玉虚观。至北宋元祐七年（1092），玉虚观又改名为大葛仙殿。在观景台看过山景之后，我们乘着凉爽的山风穿过石砌山门拾级而上，便来到了接官亭，再往右拐便来到了核心景点大葛仙殿。

　　大葛仙殿大门朝南，矗立在一道峡谷之上。资料介绍，现存的大葛仙殿经南宋、元、明几代扩建，遂成如今规模。这是一

组结构严谨、气势宏伟的道教建筑群；除大葛仙殿外，另有三官殿、灵官殿、地母殿、玉皇楼。清嘉庆年间、民国十七年，大葛仙殿曾两次遭遇大火，曾再度重建。2015 年 6 月，铅山县投资 5 亿元打造葛仙山景区，大葛仙殿得到进一步的修缮和扩充。为了让更多的游客方便快捷地登临此山，2016 年 9 月，葛仙山景区投资1.2 亿元，开启索道项目。索道全长 2069 米，高差 691 米，2017年 8 月底建成，正式开通。有了索道，之前步行登山得三四个小时，如今不到 10 分钟，且中途可以居高临下俯瞰山谷中的瀑布。

从大葛仙殿出来，置身葛仙峰顶上，放眼望去，地处上饶的灵山，弋阳的龟峰，武夷山主峰黄岗山，与武夷山接壤的七星山，铅山永平境内的鹅湖山，以及武夷山脉第二高峰，也是江西省和华东地区的第二高峰的独竖尖似乎都尽在眼底。数峰罗列，各具神采。在遥远的天边，其轮廓被勾勒成一道道层次分明、色彩斑斓的曲线。云气过处，起伏的山峦若隐若现。城池、小镇跻身其间，田野、河流穿行其中。此刻伫立山巅，的确有山高人为峰，一览众山小的感慨。就在我们的脚下，就在我们的眼前，一条条深谷向山脚延伸，隆起的山脉就像脊梁苍劲而刚强。导游说：这座山共有九条支脉，宛如九条苍龙，汇聚于大葛仙殿后，人称"九龙窜顶"。堪舆家称此为九龙汇聚之处，乃风水极佳之地。时值春夏之交，处处青翠葱茏，生机勃勃。遗憾的是在紫云峰，没有看到紫色的云海，延伸 5 千米的龙须沟倒是一览无余。龙须沟两岸山峰相夹，崖陡谷深。谷中怪石嶙峋，溪水遍布，飞瀑不时地撞击岩石，发出轰鸣之声，闻之悦耳，赏之益心。

下山时，我们曾在接官亭小坐。史料记载，此亭为旧时迎接京城要员和内阁大臣登临大葛仙殿而建。其时，殿中道长亲率全山道士在此恭迎。据称，接官亭落成后，先后接迎朝廷官员和天下名士无数。

葛仙山供奉的是道教灵宝派始祖葛玄，也就是民间传说中的太极仙翁。《神仙传》中记载汉建安四年（199），太极真人及太上玄一三真人于浙江会稽虞山以《灵宝经》授太极左仙翁葛玄。其后，葛玄辗转至江西杨村云岗山结庐修持。乡人感其灵验，遂将云岗山改名为葛仙山。葛玄羽化后，其侄孙葛洪成为灵宝宗的重要传人，葛洪从孙葛巢甫又进一步将古《灵宝经》发扬光大，著新《灵宝经》，并正式开山立宗，创灵宝派。葛仙山自然成了灵宝派圣地——中华道教灵宝第一仙山。唐、宋年间，灵宝派空前昌盛。唐代懿宗皇帝，北宋英宗、徽宗，南宋理宗皇帝皆赐封葛玄、敕建仙山。

除道教之外，佛教也慕名驻足其间。来葛仙山创建佛教慈济寺的是鹅湖峰顶慈济禅寺六堂之一"隆隐堂"的高僧大德。鹅湖慈济禅寺的开山始祖为唐代佛教界的大义慧觉禅师，他先后历经四朝皇帝，蒙赐锡杖、玉环，敕建鹅湖寺宅，为天下八大丛林之一。葛仙山慈济寺即为鹅湖峰顶慈济禅寺分寺。建寺以来，香火不断，香客盈门。同行的文友临行前曾说，20世纪60年代，他的姑妈曾与人徒步来到铅山，又在山间拾级而上亲临慈济寺朝拜。一个上了年纪的小脚女人来回历时半个月就为焚香一拜，其艰辛可想而知。正是这种虔诚和信念让她的心结得以化解。也正是这一段经历让同行的文友萌发了登临葛仙山的意愿。

在山顶的清泉池饮过一瓢山泉后，顿觉神清气爽。下山的时候，脚步依旧那么轻松。史料记载：早在唐代，大诗人白居易就曾登临此山，并留下"极目三天观，阳村山落下"的千古名句。

家住贵溪、明嘉靖年间官至内阁首辅的夏言对葛仙山也是喜爱有加，对葛玄更是仰慕不已，他曾请画家将此山画下悬于静室，天天举目相看。在此之前，唐代诗人李商隐、韦应物，宋代名臣王安石、熊元复、金熙，明代姚昶、龚敞、柯仲炯等都曾登山游览，留下不少诗文题咏。踏寻先人的足迹行走山中，吟诵先贤不朽的文辞，自然心旷神怡，思绪辽远……

由于时间仓促，加上没有固定的导游，位于大葛仙殿八卦门下西潭谷，大殿东北约300米处的舍身崖上，以及当年葛玄羽化成仙之处步云亭和观道亭等景点均没有前往。对此多少有些遗憾，有待重游时弥补。

篁岭旁白

一

　　篁岭与其说是一个山中古村，还不如说是一座天空之城。虽然它不像梵净山直冲云霄傲视天穹，也不像重庆面临大江，高楼林立。它既像是一座古城堡，又像是一个世外桃源。这里四面环

山，房子建在山巅，庄稼地却在深谷。有人称它为梯云人家、花的海洋，有人说它是江南古村落的展览馆。小巷天街特色鲜明，云雾水街超凡脱俗。在人们眼里它就是一幅线条优美、意境深远的国画，浓缩了篁岭人的审美精华。

地处皖、浙、赣三省交界石耳山脉中的篁岭村隶属婺源江湾镇。它始建于明朝中叶，有着500多年的历史。这个曾经住着200多户人家的古村，有着100多栋古建筑。穿行其中，各式各样精美的砖石、木雕、石雕遍布其间，古木、古巷、古桥、古井、古牌坊随处可见，花草、盆景、吊兰、壁挂各色鲜花应景而生，小窗、阳台、庭院、阁楼、阶梯错落有致。深藏山巅的篁岭俨然成了空中花园和古建筑博物馆。

这里是清代父子宰相曹文埴、曹振镛的故里。其先人曹文侃于唐朝末年为避战乱从山东上蔡郡迁徙到安徽徽州境内，之后，转入江西婺源定居于江湾的篁岭。

在这块土地上，耕读治家、诗书传家的理念根深蒂固。深厚的文化积淀不仅有了篁岭别具一格的徽派建筑，有了富丽堂皇的楼宇，有了曲径通幽的小巷，有随处可见的小桥流水人家，有千年飘香的香樟、红豆杉，有曹鸣远、曹元功等一批历史名人，同时，也铸就了"忠孝传家远，诗书处世长"的家训，这家训正是中华民族生生不息的精髓和灵魂。

其实，要到海拔500米高的篁岭是有便道的，且这条便道可以通车、可以直达村口。可是，聪明的婺源人审时度势，在山岭之间竟然架起了便捷的索道。在索道上看山外的田野、村庄似乎没有什么不同，一下索道，来到篁岭村口，你会突然感觉仿佛进入了一个童话世界。身边年代久远的宗祠、书院，眼前高大挺拔、古朴苍劲的树木，山前错落有致、鳞次栉比的民房，村后茂密葱茏、清秀挺拔的翠竹，墙头小巷挂着的红灯笼，楼宇店铺悬挂着的招牌，还有摩肩接踵、熙熙攘攘的人群，一切都是那么精美别致，古色古香，让人顿觉别有洞天，仿佛置身仙人之城。

兴许是山势陡峭，地形复杂，依山而建的民宅大多规模较小且比邻而建。楼宇之间，几乎都有横向石板街和纵向石级台阶连接。高耸的马头墙，光滑的卵石路，狭窄的街巷，急促陡峭的台阶，无不显示出它的小巧和玲珑。置身其中，扑面而来的是古老的气息，映入眼帘的是积淀深厚的传统文化。

晨起或雨后，云雾弥漫，楼宇若隐若现，虚无缥缈；午间或晴日轮廓清晰，粉墙黛瓦，黑白相间。既有乡间小村的印记，又有古村蕴含的风骨。一年四季，鲜花簇拥，街头巷尾芳香扑鼻。每一个来这里的人无不流连忘返。

二

谁也想不到，在这个占地不到 15 平方千米的山村，竟有两条街，且它们的名字怪得奇异、怪得神秘。一条是天街，另一条是水街。说是天街，是因为它位于篁岭村的最高端，是因为它的商业气息最浓厚，是因为它的地势相对平坦，也具有古代都市的格局和气势。在天街你可以品尝到篁岭、婺源、江西、江南的各式美食，可以购买到各个朝代、各个民族、各大城市流行的衣饰，可以观赏各地名人的字画、收藏品，可以了解古村、古文明以及农耕时代的发展脉络和轨迹，更主要的是让城里人，尤其是

城里的年轻人目睹江南的许多美食，诸如粽子、麻糕、米糖的制作过程。

　　走进天街，只见商铺林立。茶坊、酒肆、书场、砚庄、伞店、篓铺，形形色色，古趣盎然。置身天街的晒台天窗，不仅篁岭村的景色近在咫尺，千亩梯田也尽收眼底。"窗衔篁岭千叶匾，门聚幽篁万亩田。"层层叠叠的梯田映衬古色古香的民居，两者浑然一体，美轮美奂。行走在天街上尽情享受天宫岁月，自然进入物我两忘的境界。篁岭地无三尺平，晒场便是他们阁楼上延伸的支架，正是这个支架衍生出另一个景观——晒秋。不同的果实，不同的色泽，点缀其中，丰富了景观，美化了生活。

　　天街小雨润如酥。从这句脍炙人口的诗句中，"天街"似乎别的地方也有，那"水街"可能仅此一家，听起来非常别致。江南多有水乡，如乌镇、周庄、甪直、西塘，一条水巷，两岸人家，乌篷船在桥下过，游人和街影在水里荡漾。光听水街这名字，十有八九捉摸不透。到了篁岭才知道，所谓的水街，是利用流经村落的花溪水自然形成的近百米的落差，在其流过的地方设置多个高低不同的瀑布、深潭，石板桥、石拱桥、独木桥、廊桥，同时在左右两旁留有通道，设置店铺因而形似街巷而得名。篁岭的"水街"其实就是一条直立起来的小溪。溪水迂回，时缓时急，时隐时现，形态不一。溪水似垂帘、似珍珠、像扇面、像飞泉，银白耀眼，晶莹剔透。顺着瀑流逆流而上，两旁有亭台楼阁，有商家店面。溪水从中间坠落，瀑流声此起彼伏，由远及近，声声入耳，滴滴醉心。

　　最具特色的是小池中不断冒出的一团团雾气。雾气升腾弥漫，将游人、景致笼罩其中。水街之上隐隐约约、虚无缥缈，引来不少游客在此拍照，一些穿古装的年轻女子从云雾里浮现时，真让游人出现幻觉，仿佛置身于玉皇大帝的天宫，进了神话中的水帘洞。一个原本深藏山间的村子同时拥有这样的山水精品，难怪每天吸引了那么多的中外游客。

三

站在篁岭村口，或是民宅的窗口、阳台上，一眼便能看到对面山坡上一片梯田和梯田里金黄色的油菜花。它就像一幅浓郁的水彩，线条优美，轮廓清晰，色彩斑斓，动感十足。画面中，像波浪一样涌动着的是光彩夺目的金黄的色泽。"梯田花海"方圆三五里，占地近万亩。阳春三月，惊蛰过后，春分之前，深藏在山沟、壁挂在山腰的油菜花悄然开放。阳光下，浓浓的、金黄色的光焰将整个山谷和篁岭村映照得金光闪闪、富丽堂皇。那从中穿过的羊肠小道，那无数条弯曲的田埂，那此起彼伏的花束，宛如抑扬顿挫的音符，犹如随风飘逸的丝带，在崇山峻岭之间，在深深的山谷，成为古朴恢宏的古村中另一道优美的风景。

油菜花在江南犹如格桑花在西南随处可见。成片甚至上万亩的油菜花也为数不少，但是，深处大山之中，以梯田的形式，与古村、大山、峡谷相映成趣的不多。由于身处山谷，山外油菜花正盛时，这里的油菜花才含苞欲放。也正是其独特的观赏形式才年复一年地吸引了无数慕名而来的中外游客。殊不知，开花的日子就那么几天，真能赶上也是一种运气。好在这里油菜花的花期相对长一些，千呼万唤始出来，才让无数远道而来的游客又惊又喜。在篁岭的天街、水街走累了，阁楼上找一个窗口，一个平台歇歇的同时，俯视对面山坡上、山脚下、深谷中的金黄色的油菜花，那真是一种美妙的享受。金黄原本就是一种高贵典雅的色彩，观赏后自然神情激奋，格局高雅。篁岭人在崇山峻岭之间，在陡峭的山崖凭着双手开辟出上万亩梯田，这本身就是一个奇迹，也是智慧和汗水的结晶。之前种粮食解决温饱，如今种油菜美化家园。

若是来到天街尽头的牌坊一带观赏，则更显得错落有致，层次分明，玉兰、桃花、古樟、山丘、道路、行人点缀其间。游人在花间拍照，蜜蜂在花瓣里采蜜，空气中都弥漫着金黄色的细微的花粉，一股清香随山风扑鼻而来。

在篁岭鲜花随处可见，油菜花自然是其灵魂所在。它开得有气场，有厚度；开得有精神，有格局；开得有视角，有热度；开得有神韵，有力度……

山是青黛一抹，水是碧绿一缕。山环水绕，百花相映，篁岭既是一个玲珑的盆景，又是一幅灵动的画卷。有人说，篁岭的商业气息太浓，但至少保留了古建筑的风貌、古街巷的神韵、古文化的精髓，还有那一片土生土长的油菜花，那一片原汁原味的梯田。就凭这些，它还是有魅力的，也是中国最美乡村、中国十大花海、中国魅力田园这些头衔得以闪亮的根基。这么说，篁岭真的是一个看得见山水，记得住乡愁的地方。

瑞洪品鱼

一

来瑞洪之前，我对它一点也不了解，甚至连名字都没有听说过。之所以来这里，是因为老是想近距离看看鄱阳湖上的天鹅。都说，鄱阳湖上每到冬天便有数万只天鹅、丹顶鹤、白鹳等珍禽在此栖息。在看过有关文字和照片之后，便心怀憧憬一次次地走向鄱阳湖，走进鄱阳湖。说实话，除了在我家乡润溪有过一回与

天鹅近距离接触之外，即便在余干的康山、鄱阳的长山，还是没有见到仿佛就在身边的它们。准确地说，只见到遥远的天边，空旷的蓝天下一群鸟的影子，它们或结伴在靠水的岸滩久久地凝望湖心，仿佛还在回味此前在天空里的惬意嬉戏；或是结伴远远的像一群麻雀在游弋的帆船上空盘旋。总之，在我们期待的眼眸里，在曼妙的镜头里也就成了几个黑点。

又一个冬季，有人提议再去鄱阳湖看鸟，并说这回有一个来自邻县的摄鸟大师引路，可直达鄱阳湖深处。换句话说，也就是说一定能近距离看到天鹅。于是，我们便兵分两路分别从东乡、进贤出发。东乡这边的我们经境内的杨桥殿过进贤的钟陵、二

塘、梅庄一起在三里乡与进贤的朋友会合。到达三里乡之后快 11 点了。向导说："我们先去余干的瑞洪镇，在镇上吃一餐鱼宴之后，再买几条大鱼，大家都准备肚子和钱包。"一听这话，我们都觉得奇怪，说好来看鸟的，怎么光顾吃鱼和买鱼呢？向导笑着对我们说："吃了你们才会知道这里的鱼味道究竟有多美。"

大约半个小时，我们便来到了瑞洪镇。向导径直将车子开进了一条小巷，在小巷的尽头，他将车子停了下来。一看是一个码头，一问才知道，这里紧邻信江，是鄱阳湖的航道之一，也是余干至今仍在通航的码头。就在码头的左侧，有一家名为向阳红的餐馆。一看这名字就知道这家餐馆的历史，在码头上开餐馆，没有一手过硬的厨艺和一定的绝活是站不住脚的。向导逗趣说："这里是他和摄友的定点餐馆，老板煮鱼的手艺真的很高明。在这儿，可以吃到最地道的鄱湖鱼味。"由于之前就联系好了，尽管这天的食客不少，老板还是给我们留有一张桌子。餐桌都安排在厨房的后院，眼前便是鄱阳湖，脚下便是流入鄱阳湖的信江。在这儿一边用餐，一边还可以欣赏湖光山色。时值深冬湖水退去，又是鄱阳湖的禁渔期，信江和远处的湖上似乎没有什么过往的船只。这时，一盆满满的香喷喷的鱼便上桌了。除向导之外，我们几个都迫不及待地开始品尝，且都在第一时间纷纷发出赞叹：这鱼味道真美，鱼汤真鲜，

鱼肉真嫩，口感真好！原来除水煮"螺蛳眼"也就是我们称之为"乌鳢晚"之外，还有糯米鱼丸子、红烧白鱼等。无论什么鱼，在这里吃起来都新鲜可口，回味无穷。

饭后，我们在向导的带领下去了瑞洪的菜市场，有人买了藜蒿和小鱼干，向导则直奔鱼摊。只见他一口气买了6条"螺蛳眼"，花了近千元。他说："这里的鱼品质好，价格又便宜，几百里路来这里，不多买一些划不来。"在他的蛊惑下，我们也都或多或少买了几条。不过他也说，现在不是捕捞期，包括那家餐馆煮的鱼都不是鄱阳湖里的，而是鄱阳湖外湖人工养殖的。由于水质好，纯天然放养，品质几乎与鄱阳湖里的鱼差不多。

二

趁大家饭后歇息之际，我顺便到码头附近的瑞洪"老街"溜达了一会儿。兴许是河运功能的衰退，码头的地位自然降低。眼下的瑞洪老街，虽紧靠码头，比邻信江、鄱湖却再也没有了往日的喧闹和繁华。走在这条老街上虽然还能见到不少古老的店铺和用乌黑的浓墨书写的店铺名，见到还在制作小木船的作坊，看到一些仍旧生活在这里的老人，但大多数的店铺几乎都残破和荒废了。冬日的阳光在残存的瓦片和梁柱之间透出一道道亮光。许多门梁、墙壁都在横七竖八的木料的支撑下艰难挺立。一位老人说，由于经常遭遇水患，加上鄱阳湖禁渔，渔民洗脚上岸，新房都建在别的地方，这里也就萧条、衰败了。不过作为古街，作为当年繁华的水运码头，各路商贾、过往官吏、路过的行人曾经摩肩接踵，熙熙攘攘。作为鄱阳湖水产及渔业设备交易名镇，在这条小巷里肯定人头攒动、人声鼎沸。这里见证过明清时期的繁华，也留下不少贤达的足迹。

资料介绍：瑞洪历史上以"闽越百货所经"而置镇，至今已有700多年的历史。至今仍为鄱阳湖周边县市物资集散中心，尤其以水产品丰富而闻名遐迩。古往今来，不少名人都曾与瑞洪有着深厚的渊源。明太祖朱元璋大战鄱阳湖时，就曾驻足于此。礼部尚书李廷机被贬后避居瑞洪，常以施茶为乐。大学士张瑞图曾立茶庵，并书"妙觉地"三字于此。最让我惊奇的是这里还是清代女诗人钟令嘉的故里。钟令嘉为处士钟志顺之女，18岁嫁给铅山永平的秀才蒋坚。比她年长27岁的蒋坚外出北方为官时，钟令嘉常常侨居瑞洪的韩康药店，并在其20岁时生下一个令江西人为之自豪的孩子，他就是清代著名戏剧家、文学家、诗人蒋

士铨。蒋坚老来得子，两口子欢天喜地。为了蒋家的未来，钟令嘉在孩子年幼的时候便想方设法对其进行教育启蒙。她将竹枝掰断，拧成汉字最基本的构件，也就是点、横、竖、撇、捺逐一拼成字，不厌其烦地教蒋士铨识记。正是这样别出心裁、费尽心思地教诲，才让过早失去父亲的蒋士铨从小独立并成为一位文化名人。

三

从位于瑞洪官康路的临江古街回撤，进瑞洪镇 215 乡道，也就是沿江大堤前行，过连官段、康连段进入 692 县道，一路几乎与信江同行。大约半小时后，便来到康山乡的江豚湾。向导说，这里是鄱阳湖中海豚数量最多，也最活跃的地方，一定要下车看看。在高高的大堤上，在暖暖的冬日的映照下，我们不时地看到不断浮出水面的江豚。有时一两只，有时三四只，大多只见其乌黑的脊背，以及摇摆身子溅起的微波。向导说，他拍一张照片，细数之后发现有 40 多条江豚。可是这并不是最多的，南昌有一位摄影家，在同一个画面里拍摄了 70 多条江豚，可见这里江豚之密集。江豚是长江的娇子，一度被认为稀有和罕见。几十年后，在鄱阳湖南端的康山却这般富有和活跃。这不能不说是一个奇迹。

身居丘陵，常恋青山之绿，山林之美，山风之微，却也有目光被山岭阻隔，心境缺乏广袤的遗憾。到了鄱阳湖，才发现目光辽远致使心胸格外开阔。在康山鄱阳湖大堤上行走，看鄱阳湖的壮阔；看蓝天下泛着金黄的，也是层层叠叠、错落有致的芦苇、

蒿草；看弯弯曲曲的沟槽以及隐匿在蒿草和沟槽之中的小池，以及小池中、岸滩边栖息的小鸟或天鹅；远眺湖对岸隐约可见的村落，即便有些朦胧也觉得新奇和舒畅。与鄱阳湖相比，被大堤隔开的外湖倒是盈满湖水。阳光下，有星星点点的渔船或是渡轮在水面上游移。湖里有用来圈养珍珠或是鱼类的围网，以及用来支撑的主干，就像一条条游离在水面上的蛟龙，充满韵律，极富动感。夕阳西下，湖面上波光粼粼，有小船偶尔进入其中，星星点点煞是美丽。

　　遗憾的是在这儿我们还是没有近距离与天鹅、白鹳等鄱阳湖珍稀鸟类接触。向导说："鄱阳湖的鸟其实真不少，但是，要见到它们似乎还要一些缘分。"有一次他在一个地方拍摄到几千只

天鹅，第二天，朋友相约再去时，一只也没有见到。他说："鄱
阳湖面积这么大，范围这么广，某一个时间段天鹅究竟在哪儿集
聚谁也说不准。"这让我想起，就在紧邻东乡东杨桥殿的润溪河
畔，有一次我和朋友竟然在一个水库里见到几千只天鹅和白鹳，
且直线距离还不足百米。当时，这些天鹅或成群结队在岸滩踱
步，或结伴在天空飞翔，或扎堆在水里游弋。更多的则是相互呆
立着老半天不动，乍一看，就像一幅静、动相间白灰相映的图
画。驻足观望时，耳边不时地传来阵阵悦耳的叫声。在蓝天下，
在离故乡不远的地方，能见到它们真是幸运至极！还真应了那句
话，只要你心中有天鹅，近距离接触它是迟早的事。